KB007463

바다에서
보낸 편지

바다에서 보낸 편지

알렉스 쉬어러 지음◎이재경 옮김

미래인

바다에서 보낸 편지

1판 1쇄 발행 2016년 8월 10일
1판 3쇄 발행 2022년 6월 30일

지은이 알렉스 쉬어러   **옮긴이** 이재경   **펴낸이** 김민지   **펴낸곳** 미래M&B
등록 1993년 1월 8일(제10-772호)   **주소** 서울시 마포구 동교로 134(서교동 464-41) 미진빌딩 2층
전화 02-562-1800(대표)   **팩스** 02-562-1885(대표)   **전자우편** mirae@miraemnb.com
홈페이지 www.miraeinbooks.com   **블로그** blog.naver.com/miraeibooks   **인스타그램** @mirae_inbooks
ISBN 978-89-8394-802-1 03840

그렇다. 편지를 병에 넣어서 바다에 던지는 것쯤은
누구라도 할 수 있다. 이상할 거 하나 없다.
하지만 바다가 답장을 보내기 시작한다면 —
그러면 얘기가 달라진다.
그건 특별하다. 요상하고 해괴하고 불가사의하다.
십지어 섬뜩하다.

차례

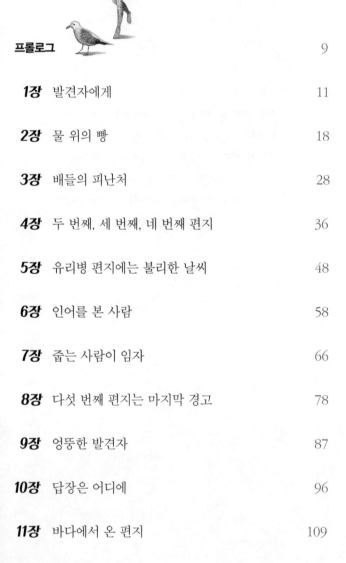

어느 날이었다. 톰 펠로우는 해변에 나갔다. 미리 써 온 편지를 꺼내 병에 넣고, 병 입구를 마개로 틀어막았다. 물이 들어가지 않게 단단히. 편지가 젖으면 안 되니까. 그리고 병을 최대한 멀리 던졌다. 병이 바다에 풍덩 빠졌다.

타이밍이 좋았다. 마침 썰물이었다. 파도가 병을 멀리 수평선으로 실어갔다. 병은 하얗게 밀려오는 파도 속에 까닥대면서, 해초 사이를 이리저리 누비면서, 마치 살아 있는 것처럼 움직였다. 바다에는 사람이 별로 없었다. 이날 오후에는 서퍼도 한 명 없었다. 저인망어선 두 척이 포구로 들어오는 중이었고, 선외(船外) 모터를 단 작은 고깃배들에서 어부들이 어망을 올리고 있을 뿐이었다. 게잡이 배도 한 척 있었다. 병이 시야에서 사라졌다. 그때였다. 누군가 톰의 이름을 외치는 소리가 났다. 누나가 그만 집에 가자고 부르고 있었다.

이후 톰은 몇 번쯤 병 생각을 했다. 누가 발견했을까? 궁금했다. 1~2주 후에는 거의 잊었다. 문득문득 생각날 뿐이었다. 바닷가를 걸을 때. 또는 자갈 해안에 뒹구는 빈 병을 볼 때.

병에 담은 편지가 정말로 누군가에게 닿을 거란 기대는 없었다. 세상은 거대한 곳이다. 거기서 가장 많은 부분을 차지하는 것이 바다다. 바다는 끝없이 넓고, 톰의 병은 작디작았다. 고래가 삼켰을 수도, 상어가 먹었을 수도 있었다. 배에 부딪혀 가라앉았을 가망이 컸다. 편지도 종이곤죽이 되어 바다 밑바닥으로 먼지처럼 흩어졌겠지.

톰은 그렇게 됐을 거라고 생각했다.

그런데 아니었다. 일은 톰의 생각과 다르게 흘러갔다.

1
발견자에게

톰이 그 노래를 들은 건 엄마 차로 슈퍼마켓에 갈 때였다. 라디오에서 그 노래가 흘러나왔다. 잘 아는 노래인지 엄마는 운전하면서 따라 불렀다. 톰은 처음 듣는 노래였다. 처음 들었지만 귀에 착착 붙었다. 음이 기억하기 쉬웠다. 외딴 섬에 혼자 좌초한 남자가 세상에 SOS를 보내는 노래였는데 '병에 담은 편지'(message in a bottle)라는 말이 반복적으로 나왔다.

"누구 노래예요?" 톰이 물었다.

"폴리스." 엄마가 대답했다.

톰은 눈썹을 찡그렸다.

"경찰요?" 톰은 웃었다. "경찰 밴드?"

"아니, 경찰이 아니라 폴리스. 밴드 이름이 폴리스야."

"폴리스?"

"그래."

톰은 미심쩍은 눈으로 엄마를 봤다. 하지만 엄마는 아들에게 거짓말하고 그러는 타입이 아니었다. 일단은 믿을 수밖에 없었다. 그래도 밴드 이름치곤 이상한 이름이었다. 아예 군대라고 하지? 아니면 해군. 아니면 주차단속반.

하지만 세상에 SOS를 보내기에는 좋은 이름이었다. 꼭 SOS일 필요는 없다. **안녕!** 한 마디면 어떠랴. **여보세요? 괜찮아요? 무슨 일입니까?**

그러고 보니 생각났다. 언젠가 톰의 아빠도 병에 담은 편지 이야기를 한 적이 있었다. 펜과 종이와 병만 있으면 끝이야. 딴 건 하나도 필요 없어. 아빠는 어렸을 때 병에 편지를 넣어서 바다에 던지고 희망에 부풀었다고 했다. 무척 오래전 일이었다. 아빠는 아무런 답장도 받지 못했다. 세월이 흐를 대로 흐른 데다 설사 지금 답장이 온다 해도 이제는 너무 늦었다.

편지 작성에 시간이 좀 걸렸다. 이게 은근히 어려웠다. 일단 수신인을 누구로 할지부터가 문제였다. 누가 받을 줄 알고? 편지의 잠재 수신인은 그야말로 '아무나'였다. 영어를 아예 못 하거나 거의 못 하는 외국 사람이 발견할 수도 있었다. 그런 경우에 대비해 일단 쉽게 쓰자. 하지만 쉽게 써야 한다고 쓰는 것이 쉬워지는 건 아니었다. 오히려 더 어려웠다.

그날 저녁 톰은 책상 앞에 앉아 공책을 꺼내 종이 한 장을 뜯었다.

병 구조자에게,

이러면 될까? 아냐. 너무 무미건조해. 톰은 쓴 것을 북북 지웠다.

병을 구조하신 분께.

이것도 아냐. 너무 유난스러워.

담당자께.

아냐, 아냐. 너무 딱딱해. 항의 편지를 쓰는 것 같잖아.

독자에게.

아니야, 틀렸어. 독자는 무슨 독자.

발견자에게.

흠. 글쎄. 그래, 이게 낫겠다.

발견자에게.

이제 어쩐다?

발견자에게.

저는 톰이라고 해요. 델웍이라는 곳에 살아요. 델웍은 바닷가의 작은 어촌이에요.

시작은 좋아. 톰은 생각했다. 개인 정보를 너무 많이 흘리는 건 좋지 않아. 주저리주저리 쓰지 말자. 짧게 쓰자. 병에다 자서전을 욱여넣을 것도 아니잖아? 이건 어디까지나 편지다. '병에 담은 편지'. 노래 가사에 딱 그렇게 나와 있다. 병에 담은 소설이나 병에 담은 장광설이나 병에 담은 그림 성경이 아니다. 담백하고 소박한 메시지. 간단명료한 편지.

뭔가 중요한 말을 써야 한다는 압박이 머리를 눌렀다. 하지만 중요한 말이 떠오르지 않았다. 세계 평화? 고래 보호? 지구온난화 방지? 하지만 그런 말은 이미 사방에 있었다. 남들도 다 하는 말을, 혼자서도 충분히 생각할 수 있는 말을, 바다에서 건진 편지에서까지 읽을 필요는 없었다.

좋아. 심각한 말은 관두자. 톰은 좀 더 개인적으로 접근하기로 했다.

발견자에게,

저는 톰이라고 해요. 델윅이라는 곳에 살아요. 델윅은 바닷가의 작은 어촌이에요. 지도책이나 구글맵에서 한번 찾아보세요. 정말로 있는 데예요. 사진도 있을걸요.

요 전날 엄마 차 라디오에서 '병에 담은 편지'라는 노래를 듣고 나도 한번 해보고 싶었어요. 그래서 이렇게 편지를 써요. 혹시 누군가 내 편지를 발견할지. 발견하면 어디 사는 누가 발견할지. 내 편지가 어디로 흘러가서 어떤 방법으로 발견될지 알아보는 것도 재미있겠다 싶었어요.

거창한 기대지만 편지를 읽는 분이 혹시 외국 분인가요? 이 병이 지구를 반 바퀴, 돌아서. 아니 세계 일주를 해서 거기 도착한 건가요?

답장을 급하게 바라는 건 아니에요. 어차피 바다에서 병이 발견되는 데만 몇 달, 심하면 몇 년이 걸릴 수 있으니까요. 발견만 돼도 다행이죠.

이 병 말고 다른 병을 또 띄울 수도 있어요. 일주일에 한 병씩 띄울 수도 있어요. 솔직히 세상에 남아나는 게 병이잖아요. 오히려 너무 많아서 탈이잖아요. 잘하면 병 두 개를 한꺼번에 발견하실 수도 있어요. 내용이 대충 비슷하고 편지 끝에 쓴 이름도 같다면 둘 다 제가 보낸 편지라고 생각하시면 돼요. 오호라, 얘가 편지를 보내고 또 보냈구나, 둘 다 같은 장소로 흘러왔구나 생각하시면 돼요. 그렇게 되면 엄청난 우연이겠지만요, 그죠?

일단 시작의 고비를 넘자 말이 술술 풀렸다. 말문이 풀리니 서둘러 끝내고 싶은 마음도 없었다.

글씨를 아주 작게 써야겠어요. 그래야 많이 쓸 수 있어요. 뒷면에도 쓸 거예요. 읽으시는 데 지장이 없어야 할 텐데. 앞뒤로 쓰면 잉크가 비칠 수도 있어요. 최대한 조심해볼게요. 종이를 여러 장 쓸 수가 없어요. 병에 다 안 들어가요.

저에 대해 좀 더 알고 싶으시다면, 음, 저는 아직 학교에 다니고 엄마랑 누나랑 살아요. 아빠는 대형 컨테이너선 선원이었는데 일 년 전에 바다에서 실종되셨어요. 외할아버지도 제가 아기 때 바다에서 실종되셨어요. 그래서 외할아버지에 대한 기억은 없어요. 사진으로만 알아요.

외할아버지는 저인망어선 선장이셨고, 해양구조대 자원봉사자셨어요. 실종된 것도 암초에 걸려 난파한 배의 선원을 구조하다가 그렇게 되신 거예요. 델윅 근처에는 위험한 암초가 많아요. 우리는 암초를 블랙 록스(Black Rocks)라고 불러요. 등대가 있어도 안개가 많이 끼면 속수무책이라 그동안 대형 난파 사고가 많았어요.

아빠의 경우는 아빠가 탄 컨테이너선이 악천후를 만나 뒤집혀서 선원 모두와 함께 침몰했어요. 멀리 태평양에서 그렇게 됐어요. 여기서 몇 천 킬로미터나 떨어진 곳에서요.

바다는 위험하지만 그래도 저는 항해자가 되고 싶어요. 하지만 생각처럼 쉽지는 않을 거예요. 엄마 생각을 해야 하니까요. 그런 일들이 있었는데 저까지 바다로 나가는 건 엄마한테 못할 짓이니까요. 엄마는 제가 선원이나 어부 근처에도 가지 않기를 바라요. 그래서 아마 딴 일을 찾아야 할 거예요. 마른 땅에서 몸에 물 안 묻히고 하는 일요. 아쉽긴 해요. 매일 바다를 보지만 저는 바다가 좋아요. 폭풍이 치든 잔잔하든 바다가 좋아요. 몇 시간씩 보고 있어도 질리지 않아요. 바다는 쉬지 않고 움직이고, 그걸 보고 있으면 마음이 파도처럼 들썩여요. 바다 옆에 사는 사람들이 자꾸 떠나고 싶어 하는 건 어쩌면 당연해요.

편지를 보시는 분도 바닷가에 사시나요? 그러니까 이 병도 발견하셨겠죠? 바다로 놀러 온 분이 아니라면요.

어쨌든 제 이메일 주소를 아래에 적었으니까 원하시면 그리로 답장해 주세요. 모험적인 방법을 원하시면 병에 답장을 넣어 바다에 도로 던지셔도 돼요.

귀하가 바다에서 제 편지를 발견하고 또 제가 귀하의 답장을 바다에서 발견하게 된다면 정말 엄청난 일이 되겠죠? 그런 일이 정말로 일어날 확률이 얼마나 될까요? 만에 하나 그런 일이 일어난다면 완전 대박일 텐데. 그죠? 대박 중에 초대박이죠.

이제 편지를 끝내야겠어요. 어디 사는 누구신지 몰라도 안녕히 계세요. 행운과 안녕을 빌어요. 귀하의 가족에게도 안부 전해주세요. 가족이 없으면 말고요. 어쨌든 행복을 빌어요. 바다에 홀로 나온 뱃사람이신가요? 아

16

니면 단독 세계 일주 항해에 나선 모험가? 가능하다면 그리고 원하시면 답장 주세요. 또 알아요. 우리가 병 친구가 될지? 병을 통한 펜팔요.

이제 편지를 말아서 병에 넣고 마개로 틀어막을 거예요. 물이 새서 잉크가 번지면 안 되니까요. 그다음 해변으로 내려가 병을 바다에 던지면 끝이에요.

귀하에게서 얼른 소식이 왔으면 좋겠어요. 얼른이 아니라도 좋아요. 언제가 됐든 소식이 왔으면 좋겠어요.

귀하의 병에 담은 편지 친구.

톰 펠로우

이렇게 편지가 완성되었다. 이제는 편지를 부치는 일만 남았다.

2
물 위의 빵

이성적일 필요가 있었다. 답장이 즉시 올 거라는 기대는 부질없고 어림없었다. 이메일과 문자와 트위터 메시지조차 답이 즉각 오지 않을 때가 많다. 때로는 같은 방에서 상대를 코앞에 두고 말해도 답이 바로 나오지 않는다. 누나도 그렇고, 엄마도 그렇고.

"엄마, 해변에 나갔다 올게요."

침묵. 묵묵부답. 엄마는 톰의 말을 못 들었는지 창밖만 보고 있었다. 아니면 들었지만 마음이 딴 데 있거나 다른 생각들로 가득해서 접수가 안 됐거나.

"엄마-"

"미안. 뭐라 그랬니? 딴 생각 좀 하느라."

엄마가 누구 생각을 하고 있었는지, 그 생각을 따라 마음이 어디에 가 있었는지는 톰도 짐작할 수 있었다. 일상의 대화도 이런데 하물며 병에 담은 편지야 말해서 뭐할까. 답장 대기 시간은 어느 정도가 적당할까? 얼마큼 기다렸다가 바닷가에서 병 찾기를 시작하는 게 좋을까?

"엄마-"

"그래, 뭐라 그랬니?"

"해변에 갔다 와도 되냐고요."

"뭐 하러?"

"그냥 산책하러요. 배 구경하러. 서퍼들 보러-"

…파도에 쓸려 온 병이 있나 보러. 거기에 내가 보낸 편지의 답장이 들어 있나 보러.

"그래. 대신-"

조심해.

이 말이 빠질 리 없었다.

톰은 바닷가에서 끝없이 물결치는 바다를 바라봤다. 바다는 한시도 가만있지 않는다. 바다는 결코 만족하지 않는다. 항상 들썩이며 움직인다. 밀려왔다가 맘을 바꿔 다시 도망가기를 반복한다. 왔다가 갔다가. 또 왔다가 갔다가. 바다는 마음을 정하지 못한다. 자기가 원하는 게 뭔지 전혀 모른다. 사람들 중에도 가끔 그런 사람이 있다. 기분이 널을 뛰는 사람. 변덕이 죽 끓듯 하는 사람.

바다에 배가 여섯 척 떠 있었다. 서퍼가 몇 명 있고, 카누를 타는 사람이 한 명 있었다. 오늘은 해변에 개를 산책시키러 나온 사람도 둘 있었다. 개들은 목줄에서 풀려나 파도로 신나게 뛰어들었다가 물벼락을 맞고는 몸을 흔들어대며 다시 해변으로 뛰어 올라갔다.

얼마나 됐더라? 톰은 생각했다. 토요일, 일요일, 월요일, 화요일. 오늘까지 합쳐서 닷새였다. 이 정도면 적정한 기간인가? 지금쯤이면 누군가 병을 발견했을까? 닷새면 병이 얼마나 멀리 갔을까? 1킬로? 100킬로? 1,000킬로? 지구 반 바퀴? 벌써 적도까지 갔다가 되돌아오고 있을지 몰라. 내가 내 편지를 도로 발견하게 될지도 몰라. 그것만도 어디야? 그것만도 기묘하지 않아? 조금 실망스럽긴 하겠지만.

톰은 회색빛 바다를 응시했다. 오늘은 바다가 회색이었다. 어떤 날은 파란색이었다. 어떤 날은 파도가 모래를 휘저어서 밤색으로 변했고, 또 어떤 날은 해초가 만발해서 녹색으로 변했다. 가끔은 검게 변해서 어둠의 세력처럼 위협적으로 일렁였다. 바다는 수영하고 노는 곳이지만 빠져 죽는 곳이기도 했다. 멀리해야 할 곳. 두려워해야 할 곳이었다.

아무리 봐도 물 위를 떠도는 것은 없었다. 배와 서퍼들뿐이었다. 서퍼들은 파도 꼭대기로 올라갔다가 미끄럼 타듯 내려와서 다음 파도를 끈기 있게 기다렸다.

톰은 다음번에는 쌍안경을 가져오기로 맘먹었다. 아예 책장에 모셔놓은 망원경을 들고 올까? 망원경은 외할아버지의 유품이었다.

망원경까지 동원하면 뭔가를 찾는 티가 심하게 난다는 게 문제였다. 사람들이 쳐다보기 시작하고 질문하기 시작할 게 뻔했다.

하지만 병에 담은 편지는 비밀이다. 이건 병 발송자와 발견자 사이의 기밀 사항이다. 통화 내용 같은 사생활이다. 톰은 남이 엿듣거나 엿보는 걸 원치 않았다. 이건 남들이 상관할 바가 아니었다.

만약 서퍼가 답장이 든 병을 발견한다면? 불쑥 걱정이 됐다. 그럼 서퍼가 나한테 답장을 넘겨줄까? 나한테 권리가 있는 물건이잖아. 하지만 그걸 어떻게 증명하지? 나도 서핑보드를 들고 와서 파도를 탈 걸 그랬나? 하지만 일부러 하려 들면 서핑도 번거롭다. 잠수복으로 갈아입는 게 특히 귀찮다. 물에 들어가기 싫은 날도 있었다. 어떤 날은 바다가 너무나 차가워 보였다.

편지를 병에 담아 띄운 것은 고생문을 여는 일이었다. 솔직히 후회가 됐다. 이 일이 어떤 스트레스를 부를지, 병을 바다에 던지기 전에 알았어야 했다. 걱정, 기대, 희망, 실망, 체념. 답장 따윈 오지 않을 거라는 체념.

답장 발견의 희망을 끝내 버리지 못해도 문제였다. 죽는 날까지 희망을 버리지 못하고 해안으로 밀려오는 병을 찾아 헤매는 건 더 끔찍하다. 세상 어디에 살든, 나이를 얼마나 먹든 한없이 바다로 돌아와 파도 속에 까닥이는 병을 찾으며 백날 같은 질문을 되풀이해야 한다. 저게 내 답장일까? 이미 누가 건져 갔을까? 저 병이 그 병인가?

교회에서 이런 성경 구절을 들은 적이 있었다.

너의 빵을 물 위에 던져라.

그때는 무슨 말인지 이해하지 못했다. 오리나 갈매기에게 먹이를 주라는 뜻인가?

엄마한테 물었더니, 오리와는 전혀 상관없는 말이라고 했다. 정말로 물에다 빵을 던지라는 뜻이 아니라 일종의 은유라고 했다. 때로는 운에 맡겨라, 모험을 즐겨라, 보답을 기대하지 않고 선행을 베풀라는 뜻이라고 했다. 먹다 남은 빵 조각이나 빵 껍질을 들고 가서 바다에 버리면 안 된다고 했다. 가끔은 위험을 감수해야 한다, 행운이나 운명이나 하늘의 뜻에 맡기면 가끔은 좋은 일이 생길 수도 있다. 그런 뜻이라고 했다.

물 위의 빵이나 물 위의 병이나 뭐가 다르겠어? 결국은 같은 맥락 아니겠어? 편지를 바다에 던지는 것도 희망에 찬 행동이다. 믿음과 낙관의 표현이다. 톰은 그렇게 생각했다. 하지만 승산을 높여서 나쁠 건 없다. 병 하나에 모든 희망을 걸 필요까지는 없다. 애초 계획대로 몇 개 더 던져보는 게 낫지 않을까? 신중을 기하는 의미에서. 식빵을 던져도 달랑 한 조각만 던지면 그걸 누구 코에 붙이겠어? 하지만 식빵을 통째로 던지면 성공 가능성을 높일 수 있잖아, 안 그래?

맞아. 톰은 생각했다. 그게 더 긍정적이야. 그게 더 주도적이야. 맨날 해안에 와서 달랑 한 통 보낸 편지의 답장을 보람 없이 찾아 헤매는 것보다는 그편이 훨씬 낫지. 편지를 떼로 보내야지. 바다에 편지를 퍼부어야지. 편지를 많이 띄울수록 그중 하나가 발견될 가능성이 높아지고, 답장을 받을 가능성도 높아진다. 당연한 이치였다.

"당연하지." 톰은 자기도 모르게 중얼거렸다. "그래, 병을 더 모으자."

톰은 해변을 따라 걸으며 갯바위 웅덩이와 모래언덕 들을 살폈다. 엉킨 해초를 헤치고 자갈을 발로 쳐내며 적당한 병들을 찾았다. 적당한 병. 멀쩡하고 튼튼한 유리병. 근성과 관록이 묻어나는 병. 방랑 좀 해본 병. 바다를 겪어본 병.

집에 있는 병을 써도 그만이었다. 재활용 상자에 병이 잔뜩 있었다. 하지만 톰은 그런 병들은 적당치 않다고 생각했다. 해변에서 발견된 병이어야 성공 가능성이 높아진다고 생각했다. 표면이 자잘한 생채기로 가득하고, 모래에 부대껴 마모되고, 풍파에 끝없이 부침을 겪은 병이 필요했다.

톰의 목적에는 그런 병이 맞았다. 바다에서 잔뼈가 굵은 노련한 뱃사람 같은 병. 멀리 떠돌았고 그만큼 사연이 많은 병. 톰은 그런 병에 다음 편지를 넣고 멀리 물 위로 던지기로 결심했다. 다음에도, 또 다음에도.

톰은 일주일에 한 통씩 던지기로 했다. 또는 일주일에 두 통. 매일 한 통씩 던지면 더 좋고. 수백 통도 던질 수 있다. 그러려면 병을 떼로 모아야 한다. 병의 해군, 병의 함대를 꾸려야 한다. 톰은 자기 편지들이 병에 실려 바다를 순찰하고 세계를 항해하며 조난자에게 희망을, 고독한 사람에게 위로를, 편지를 발견한 모든 사람에게 기쁨을 가져다주는 것을 상상했다.

이 김에 유리병 편지의 황제로 등극해봐? 아직까지 그런 일을 한 사람은 없었다. 그런 생각을 한 사람조차 없었다. 병을 하나쯤 띄워본 사람은 많겠지만, 병을 수십 개 수백 개 띄우는 것은 얘기가 다르다.

조수에 실려 온 답장은 아무 데도 없었다. 하지만 실망스러운 마음은 어느새 걷혔다. 톰은 새로운 봉투들을 찾아 해안을 샅샅이 뒤지며 계속 걸었다.

봉투. 유리 봉투. 병의 또 다른 이름. 유리 봉투에는 우표도 주소도 필요 없다. 봉투에 물이 들지 않게 막아줄 튼튼한 마개만 있으면 편지를 부칠 수 있다. 우체통도 필요 없다. 바다가 우체통이다. 빨간색만 아닐 뿐 엄연한 우체통이다. 수집과 배달은 밀물과 썰물이 맡는다. 다만 받을 사람이 우편물이 도착하는 때에 맞춰 딱 거기 있어야 한다. 또한 받을 사람이 최초 발견자가 되어야 한다.

톰은 파도에 밀려온 나뭇가지를 하나 집어서 그걸로 모래와 해초를 헤집었다. 파도는 항상 무언가를 실어왔다. 대개는 흉한 것들이었다. 플라스틱 파편, 포장지, 비닐봉지, 깡통, 기름통 등등. 한 달에 한 번 지역봉사단이 자루를 들고 와서 해변의 쓰레기를 주웠다. **우리 해변을 깨끗이.** 이게 봉사단의 모토였다.

하지만 가끔은 쓰레기 속에서 좋은 물건이 나오기도 했다. 가끔은 비싼 물건도 있었다. 특히 난파 사고 후에. 심지어 대형 컨테이너가 통째로 떠내려오기도 했다. 컨테이너 안에서 별별 물건이 다나왔다. 한 번은 오토바이들이, 한 번은 카펫들이 나왔고, 한 번은 콩 통조림이 수천 개 쏟아져 나왔다.

다들 통조림을 집에 가져갔다. 사실 그렇게 막 집어가면 안 되는 거였다. 어쨌든 그때는 콩을 신물 나게 먹었다. 콩이라면 꼴도 보기 싫을 만큼 먹었다. 또 한 번은 맥주가 수천 병 떠내려왔다. 물론 톰은 맥주에 손도 대지 않았다. 하지만 지금 생각하니 맥주병은 아쉬웠다. 갈색 호리병 같은 맥주병. 유리 봉투로 딱인데. 운이 좋으면 맥주병 하나쯤 아직 남아 있지 않을까.

톰은 병을 찾느라 시간 가는 것도 잊었다. 바닷가에 오면 적적하지도 지루하지도 않았다. 바다에 있는 것들과 사람들이 친근하게 느껴졌다. 바다에 오면 아빠와 외할아버지가 가까이 느껴졌다. 사실 거기가 아빠와 외할아버지가 있는 곳이었다. 두 분은 깊은 바닷속 어딘가에 잠들어 있었다. 바다가 그분들의 무덤이었다. 육지 사람들은 묘지에 가서 사랑하는 사람의 무덤에 꽃을 바치지만, 바다에서 살다가 바다에서 죽은 사람들에겐 그럴 수가 없었다. 바다에서 죽은 사람들에겐 일정하고 영구적인 기념물이 없었다. 항상 움직이는 바다와 거기 밀려다니는 모래가 그들이 가진 전부였다.

톰은 플라스틱 병 몇 개를 봤을 뿐 원하는 병은 찾지 못했다. 톰이 찾는 것은 제대로 된 유리병이었다. 근성과 실속과 혼을 갖춘 병.

병을 열심히 찾고 있는데 톰을 부르는 소리가 들렸다.

"톰! 톰!"

톰은 고개를 들었다. 놀랍게도 어느새 캄캄해져 있었다. 누나가

방파제에서 손을 흔들며 톰을 불렀다.

"톰- 엄마가 그만 들어오래. 밥 먹으래. 그리고 너, 숙제는 안
해?"

톰은 냉큼 대답하지 않았다. 마리는 누나치고 괜찮은 편이었다.
누나들의 문제는 누나 노릇을 하려 든다는 것이다. 자기들이 더
많이, 더 잘 안다는 이유로 동생한테 이래라저래라 할 권리가 있
다고 믿는 것이다.

아빠를 잃은 다음부터 마리는 톰에게 누나보다는 부모처럼 굴
었다. 하지만 톰에게 엄마는 이미 있고, 누나가 아빠를 대신할 수
는 없는 일이었다. 톰도 자기 앞가림은 할 수 있었다. 누나가 뭐
라고 생각하거나 말거나.

"톰! 내 말 들었어? 두 번 말 안 한다-"

두 번 말 안 한다. 딱 엄마아빠들이 쓰는 말투.

"그래, 그래."

바람에 톰의 목소리가 흩어졌다.

"뭐라고 했어?" 누나가 외쳤다.

"아무 말 안 했어."

"오는 거야?"

전에는 둘이 함께 장난을 치고 다녔다. 그때는 둘이 공모자였
다. 이제 마리는 다 컸고, 철부지 짓은 졸업했다. 둘 사이에는 거
리가 생겼다. 누나는 왜 자기가 나를 건사하고 있다고 생각할까?
내가 누나 뒤치다꺼리하고 다니는 게 얼만데.

26

"알았어, 알았다고."

톰은 마지못해 몸을 돌리고 누나를 향해 해변을 올라갔다. 쓸 만한 유리 봉투를 하나도 찾지 못했다. 내일 다시 와서 찾아봐야 지. 편지를 또 쓰자. 한 번 더 물 위에 빵을 던져보자. 성경에서 말하는 것처럼. 교회에서 말하는 것처럼. 너의 빵을 물 위에 던져 라. 네가 여러 날 후에 도로 찾으리라. 또는 운이 닿은 다른 사람 이 찾거나.

누가 됐든 나한테 답장을 보낼 거야. 톰은 그렇게 믿었다. 이 건 믿음의 문제다. 이건 결국 인내심과 기다림의 문제다. 바다가 메시지를 가져가고 바다가 답을 가져다줄 것이다. 톰은 인내심을 가지고 기다리면 뭐든 이루어질 거라고 생각했다. 결국에는. 때가 되면.

"너 괜찮아?" 마리가 물었다.

"괜찮아." 톰은 퉁명스럽게 대꾸했다.

마리가 팔을 뻗어 동생의 손을 잡았다. 톰은 마지못해 손을 맡 겼다. 누나 손을 잡고 다닐 나이는 오래전에 지났다. 하지만 톰은 손을 비틀어 빼지 않았다. 둘은 나란히 해변을 올라갔다.

27

3
배들의 피난처

델윅 항에서 해안을 돌아가면 좁은 바닷목이 있었다. 거기서 시작되는 강을 따라 내륙으로 1~2킬로미터쯤 올라가면 경이로운 광경이 펼쳐졌다.

이 부근에는 다리가 없었다. 건설된 적도 없었다. 강어귀를 건너는 유일한 방법은 킹 빌리 페리(사람과 차량을 실어 운반하는 배:옮긴이)였다. 페리는 느리게, 규칙적으로, 끝없이 강 이쪽과 저쪽을 오갔다. 페리는 강을 가로질러 흔들리는 시계추 같았다. 똑딱똑딱. 이쪽저쪽. 왔다갔다. 왔다갔다. 달리 갈 데도 없고, 갈 야망도 없는 시계추.

킹 빌리 페리의 선장은 톰의 외삼촌 가레스였다. 톰은 외삼촌을 볼 때마다 외삼촌이 온정신인 게 신기했다.

가레스 외삼촌은 지금쯤 미쳐 있어야 정상이었다. 미쳤어도 이미 오래전에 미쳤어야 했다. 아니면 겉으로는 멀쩡해 보여도 이미 미친 걸까? 미친 증세가 밖으로 드러나지 않는 것뿐일까?

톰이 보기에 외삼촌은 미칠 이유가 다분했다. 하지만 그런 걱정을 하는 사람은 톰밖에 없는 듯했다.

그가 종일 하는 일을 생각해보라. 미치지 않는 게 신기한 일이었다. 그가 평생, 휴일 빼고 날마다 하는 일은 강 건널목을 오가는 것이었다. 그는 한 시간에 세 번씩 강을 건넜다. 페리에 자동차와 사람을 싣고 내리고 강을 건너는 데 20분 걸린다. 페리는 아침 8시부터 저녁 8시까지 운항한다. 따라서 그는 하루에 강을 서른여섯 번이나 건너다녔다. 그는 일주일에 5~6일 일했고 그가 쉬는 날은 임시 선장이 대신했다.

쉬는 날을 감안해도 톰의 외삼촌은 지금쯤 맛이 가고 있어야 정상이었다. 1년에 3주 휴가를 감안해도 마찬가지였다(휴가 때도 하는 일이라곤 보트 타러 가는 게 다였다). 그가 미치지 않은 것은 기적이었다. 아니면 그가 철의 사나이라는 증거였다.

지금쯤 미친 기미를 보여야 정상인 사람이 가레스뿐은 아니었다. 페리가 일터인 사람이 한 명 더 있었다. 페리 승무원 마이크였다. 마이크는 자동차들을 진두지휘해서 줄맞춰 태우고 승객들에게 요금을 받았다. 요금은 보행자의 경우 1명당 1,500원이고, 자전거는 공짜였다.

강을 건너는 다른 방법이 아주 없지는 않았다. 하지만 멀리 돌아가야 한다. 강을 따라 16킬로미터를 올라가야 첫 번째 다리가 나오고, 그 다리를 건너서 강을 따라 도로 16킬로미터를 내려와야 반대편 페리 선착장이다. 반면 페리로 건너면 고작 몇 백 미터

다. 자동차가 헤엄칠 수 있다면 차로 1분도 안 되는 거리다.

가레스가 강 건널목을 무한 왕복하는 단조로운 생활에도 멀쩡한 정신을 유지하는 것도 놀랍지만, 페리 근처에는 더 심하게 놀라운 것이 있었다.

물론 가레스에겐 전혀 놀랍지 않았다. 가레스는 강을 오가며 하루 서른여섯 번씩 보는 광경이었다. 하지만 강을 처음 건너는 사람이나 페리를 처음 타는 사람에겐 입이 떡 벌어지는 광경이었다. 집 욕실에서 하마를 발견하는 것만큼이나 황당했다. 처음 드는 생각은 이러했다. 저런 게 왜 여기 있지? 저런 게 여기 들어올 이유가 뭐야? 번지수를 잘못 찾아도 한참 잘못 찾았군. 나침반을 잃고 엉뚱한 데로 표류했나?

강둑의 페리 선착장에서 보이는 풍경은 그저 평범했다. 굽이가 많은 구불구불한 강만 보였다. 하지만 강 한가운데에 오면, 물굽이에 가려 강둑에서는 보이지 않던 광경이 갑자기 눈앞에 드러났다.

강 상류 쪽으로 400미터 전방에 거대한 배 두 척이 정박해 있었다. 몇 주째 그러고 있었다. 앞으로도 몇 주는 더 그러고 있을 배들이었다. 배들은 그야말로 어마어마했다. 거대한 외항선들이었다. 주갑판은 축구경기장 몇 개를 합쳐놓은 크기였고, 그 위로 상갑판들이 층층이 좁아지며 아찔하게 높은 탑을 만들었다. 선상 굴뚝도 어마어마했다. 뱃머리와 뱃고물이 거대한 금속 절벽처럼 물 위로 가파르게 치솟았고, 선체를 타고 로프 사다리들이 거미줄처럼 수면까지 늘어져 있었다.

이렇게 조용하고 구석지고 고즈넉한 곳에 불쑥 들어와 있는 두 척의 초대형 선박. 이보다 생뚱맞은 광경은 세상에 다시없었다. 강기슭에는 갯버들과 고사리가 만발했고, 강 위에는 백조와 청둥오리와 검둥오리가 떠다녔다. 이렇게 거대한 상선들은 이렇게 소박한 민물 풍경과는 거리가 멀었다. 그것들은 서로 별개의 세계에 속한 것들이었다.

이런 대형 화물선들은 상품과 광물과 석유와 철광석과 그 밖의 수만 가지 물건을 싣고 세계의 굵직한 해운항로를 누비며 대륙과 시장을 연결하고 있어야 했다. 그런데 여기 두 선박은 누군가로부터 숨어 있는 모습이었다. 법을 피해 다니는 도망자 배. 안전한 곳에 꽁꽁 숨어 있는 탈주자 배.

두 선박에는 이국적인 깃발들이 나부꼈다. 선체에는 극동아시아의 등록번호가 있었다. 선원들은 세계 각국에서 모였는지 인종과 피부색이 다양했다.

"대박! 저게 뭐예요? 저런 배가 왜 여기 있어요?"

가레스는 하루에 같은 질문을 스무 번씩 받았다. 적어도 여름철에는 그랬다. 여름에는 이곳이 호기심 보따리와 끝없이 찰칵대는 카메라로 무장한 휴양객들로 들끓었다. 하지만 가레스는 같은 질문에 같은 대답을 무한 반복하는 일에도 미치지 않았다. 그는 보통 사람이 아니었다. 좁은 강을 무한 왕복하는 일도 멀쩡히 버티는 사람이었다.

"임시 정박 중이에요. 당장은 할 일이 없는 거죠. 운반할 화물이

없어서 당분간 여기 묶여 있어요. 대충 한 주? 아니면 3주? 길어
봐야 두 달이에요."

"그런데 왜 여기서?"

"완벽한 장소죠." 가레스는 이렇게 대꾸했다. "여기가 피난처잖
아요. 로즈 헤이븐(Rose Haven. 장미 피난처라는 뜻:옮긴이). 이름처럼
아늑하고, 조용하잖아요. 풍랑도 없지, 다른 배에 방해도 안 되
지, 이런 데가 어디 있어요. 여긴 정박료가 싸요. 북적대는 항구들
에서 받는 요금에 비하면요. 여기 정박하겠다고 세계 도처에서 와
요. 전쟁 때는 여기에 해군도 숨겼어요."

"그래요?"

"그럼요. 여긴 피난처니까요. 배가 있기에 더없이 좋죠. 이만큼
안전한 데도 드물어요. 수심이 충분하면서도 잔잔하고 조용하잖
아요. 기본 선원만 데리고 유지·보수나 하면서 대기하다가, 해운
이 탄력을 받고 경기가 풀려 운반할 화물이 생기면 그리로 출발
하는 거죠."

가레스가 말하는 동안에도 페리는 묵묵히 갈 길을 갔고, 거대
한 배들은 점차 시야에서 사라졌다. 배들이 다시 물굽이 너머로
숨어들었다. 게슴츠레한 눈으로 잠에 빠져드는 거인들처럼. 천둥
소리나 북소리가 그들을 다시 세상으로 불러낼 때를 기다리면서.
그들은 숨은 것일 뿐 결코 없어진 게 아니었다.

가레스는 정박선의 선원들이 안쓰러웠다. 선원들은 거의 배에
갇혀 지냈다. 선원들에겐 근처 시내에 놀러 가거나 뭍에서 다리

펴고 쉬는 것이 쉽게 허락되지 않았다. 선원들은 항시 배에 있어야 했다. 쉬는 시간에는 갑판을 배회하거나 해먹은 책을 읽거나 DVD를 보면서 시간을 보냈다. 가끔 이 지역 사제가 배를 방문했다. 사제는 소형 모터보트를 타고 선박으로 가서 로프 사다리를 타고 올라가 선원들의 영적 안녕을 물었다. 선원이 뭍으로 나올 때는 누군가 병원 치료가 필요하거나 아픈 이를 뽑으러 치과에 갈 때였다. 그런 때를 빼면 유지·보수 인력은 좀처럼 배를 떠나지 못했다. 그들은 계속 자리를 지키고 있어야 했다. 거기다 외국 국적자의 경우 비자에 문제가 있거나 여권을 분실했거나 서류가 미비하면 내리고 싶어도 내릴 수가 없었다.

대형 선박이 출항하려면 예인선이 두 대 붙어야 했다. 예인선은 줄을 선박에 연결해서 출항 지점까지 끌어냈다. 톰은 그런 장면을 보면 육중한 몸집을 천천히 움직이는 코끼리가 생각났다. 선박은 만조를 기해 강어귀까지 내려갔다. 강어귀에서 예인선은 견인줄을 풀었다. 그리고 굴뚝을 나팔 삼아 작별의 고동을 길게 울리며 깊은 바다로 나가는 화물선을 배웅했다. 거대한 배들은 그렇게 피난처를 떠나갔다. 한때 지쳐서 해변에 좌초했다가 이제는 기력을 회복하고 본래의 환경으로 돌아가는 고래들처럼. 속박에서 풀려나 온몸으로 바다를 들썩이는 고래들처럼.

작디작은 병이 저렇게 거대한 강철 선체를 만나면 어떻게 될까? 의외로 무사할 수도 있어. 병이 배에 닿기도 전에 배의 물살이 병을 밀어낼 거야. 병은 배가 지나간 자리에서 계속 까닥대며 흘러

갈 거야.

크든 작든, 대형 선박이든 유리병이든 물에 뜨는 방법은 같다. 배수량의 원리. 물에 들어간 물체가 물을 밀어내고, 물은 원래 모양으로 돌아가려고 물체를 밀어 올린다. 이때 물체의 표면적과 밀도가 관건이다. 표면적이 넓고 밀도가 낮으면 물이 많이 밀어 올린다. 그래서 철로 만들었지만 내부가 비어 있는 배가 물에 뜨는 거다. 강철도 유리도 적당한 모양만 갖추면 물에 뜬다. 물보다 무거운 물건도 물에 뜬다. 수백 톤짜리 비행기도 공중을 항해한다.

세상에는 이렇게 놀라운 일이 많은데, 불가능해 보이는 일들도 멀쩡히 일어나는데, 병에 담은 편지라고 가능성이 없을까? 병이 안전하게 어딘가로 흘러가서 누군가에게 발견되고 답장이 돌아오는 것이 영 불가능할까? 세상 곳곳에서 말도 안 되는 일들이 매일 일어나서 이제는 사람들도 그러려니 하잖아. 그런 일이 하나쯤 더 일어나지 말란 법 있어?

톰은 가끔씩, 주말이나 여름방학 때, 가레스 외삼촌에게 가서 페리 일을 도왔다. 톰은 운전자들에게 요금 걷는 일을 맡았다. 운전자 대부분은 페리에 승선한 후에도 차에 그냥 있었다. 그런 사람들은 거대한 화물선을 가까이에서 구경할 기회를 잃었다. 하지만 있는지도 몰랐던 것을 잃었다고 말하기는 어렵다. 귀찮아도 차에서 내려 몸을 푸는 사람들은 그 노력을 충분히 보상받았다.

톰은 연달아 이틀 이상 일하지 않았다. 일을 돕기 싫어서가 아니었다. 지루해서였다. 같은 곳을 하루에 서른여섯 번씩 왕복하는 건 너무 따분했다. 흥미로운 볼거리라곤 정박 중인 대형 화물선과 거기 있는 기본 선원들뿐이었다.

다양한 인종과 피부색의 선원들이 사포와 페인트 붓과 양동이와 대걸레로 무장하고 분주히 움직였다. 그들은 배의 금속 부분을 말끔하게 유지하고, 아귀같이 쇠를 먹는 녹을 긁어냈다. 배의 천적은 부식과 염분이었다. 톰은 동시에 두 마음이 들었다. 배에 있는 선원들이 부럽기도 했고, 거기 있지 않아서 다행이기도 했다. 상선 선원이 되어 세계를 항해하는 것은 멋지고 흥미진진하고 심지어 낭만적이었다. 하지만 긍정적인 면만 있는 건 아니었다. 단조로운 선상 생활, 끝도 없는 유지·보수, 배에 들러붙는 해초와 진창과 따개비와의 씨름. 하지만 위대한 모험에 얼마간의 따분함과 황량함은 필수였다.

"바다 일을 하고 싶니? 나중에 커서?" 어느 날 가레스가 물었다. "하지만 네 엄마가 결사반대할 거다. 이해 못 할 일도 아니지."

"가끔씩요."

톰은 이렇게 덧붙이고 싶었다. **하지만 이런 일은 싫어요. 종일 페리 몰고 왔다 갔다 하는 건 죽어도 못 해요.**

물론 페리 운항이 세상에서 가장 따분한 일이라고, 외삼촌에게 말할 생각은 없었다. 외삼촌을 괜히 속상하게 할 마음은 없었다. 기분 나빠 하거나 화를 낼 수도 있으니까.

그런 말을 들으면 정말로 미쳐버릴지도 모르니까.

4
두 번째, 세 번째, 네 번째 편지

2주가 흘렀다. 아무런 답장이 없었다. 톰은 유리병 편지를 몇 개 더 보내기로 했다. 편지가 많을수록 재미있으니까. 딱히 재미있지 않아도 편지가 많아지면 그중 하나라도 발견될 가능성이 높아지니까. 첫 번째 편지에 대한 톰의 인내심은 바닥이 났다.

톰은 책상에 앉았다. 그리고 손에 펜을 들고 앞에 공책을 꺼내놓고 생각에 잠겼다. 창턱에 병 세 개가 있었다. 해변에서 주워 와 깨끗이 씻어놓았다. 병들이 새로운 임무를 기다리고 있었다.

하나는 오래된 콜라병이고, 다른 하나는 맥주병이고, 나머지 하나는 갈색 진저비어(생강 맛 탄산음료:옮긴이) 병이었다. 진저비어 병에는 죔쇠와 고무로 만든 경첩 뚜껑이 달려 있어서 병을 틀어막을 마개가 따로 필요 없었다.

다른 두 병은 코르크로 틀어막을 작정이었다. 이미 포구의 주점과 선술집에서 내놓은 상자 더미에서 쓸 만한 코르크 마개들을 주워다가 병들에 맞게 칼로 다듬어놓았다. 모양은 중요하지 않다. 병이 얼마나 멀리 얼마나 오래 여행할지는 모르겠지만, 그동안 병에 물이 들어오는 것만 막아주면 그만이다.

이제 편지를 쓰는 일이 남았다. 가장 쉬운 방법은 전과 똑같이 쓰는 거였다. 1호 편지와 동일하게. 하지만 같은 편지를 반복해서 보내는 게 무슨 의미가 있겠어. 무슨 재미가 있겠어. 그러고 보니 수신자의 신분을 매번 바꾼대도 뭐랄 사람이 없었다. 톰은 원하는 누구라도 될 수 있었다. 오늘은 이 사람이 됐다가 내일은 저 사람이 됐다가. 누가 알겠어? 병을 발견하는 사람이 알 수 있는 것은 편지에 적힌 내용뿐이다. 거기다 톰은 오늘따라 장난기가 동했다.

발견자에게 ―

그래, 언제 봐도 좋은 시작이야. 톰은 생각했다. 자, 이제 뭐라고 쓴다? 이번에는 어떤 사람이 되어볼까? 이번엔 톰 펠로우는 안 해. 그건 지루해. 맨날 나 자신인 건 따분해. 잠깐이라도 다른 사람이 돼야 맛이지. 그런데 누구를 하냐고?

맞다. 그게 좋겠다. 지구를 방문한 외계인. 외계인이 어떨까?

발견자에게,

나는 다른 행성에서 왔습니다. 당신들 지구인과 소통하고 싶습니다.

다음은? 그래―

나는 싸우려고 온 게 아닙니다. 나는 충분한 식량과 거대한 평면 TV를 갖춘 우주선에서 대기 중이며, 아득히 높은 우주공간에서 지구의 대양으로 이 병을 투하했습니다.

이 정도면 상황 설명은 됐고.

이 병은 지구에는 없는 특수강화유리로 만들어져 있어서, 지구 대기권을 통과할 때 발생하는 엄청난 열에도 녹거나 파괴되지 않습니다. 바다에 입수할 때의 충격에 깨지지 않은 것도 바로 특수소재 덕분입니다. 물에 떨어져도 이렇게 높은 곳에서 떨어지면 콘크리트에 부딪히는 것과 맞먹는 충격을 받거든요.

좀 더 설득력을 갖출 필요가 있어.

마음 같아서는 직접 만나 얘기하고 싶지만, 내 생김새가 워낙 무시무시해서 나를 봤다 하면 지구인은 바지에 오줌을 지릴 게 확실하므로 이렇게 편지를 띄웁니다. 우리 외계인은 당신들 지구인에게 그런 피해를 주고 싶지 않기에 이렇게 보이지 않는 곳에 있는 겁니다. 첫 만남에 오줌을 지리는 건 결코 좋은 출발이 아니니까요.

이 정도면 현실감이 충분해. 톰은 계속 썼다.

하지만 지구인과 교신할 필요는 없었습니다. 지구인에게 주변 정리가 필요하다는 경고를 해주기 위해서요. 지구온난화와 해변 쓰레기 문제가 시급합니다. 또한 초지능을 갖춘 외계인으로서 이런 지적을 하지 않을 수 없군요. 지구의 학교는 아이들에게 너무 많은 숙제를 부과하고, 결과적으로 아이들의 뇌를 혹사시켜 신경쇠약을 유발하고 있습니다. 숙제를 줄이고 용돈을 늘리는 간단한 조치로 쉽게 피할 수 있는 문제입니다.

좋아. 이러면 유익한 효과까지 노릴 수 있겠어. 만에 하나 우리 학교 선생님이 편지를 발견하면 좀 참고하지 않겠어?

부디 너무 늦기 전에 여러분 방식의 잘못을 깨닫기를 바랍니다. 여러분이 우리의 지시에 따르지 않으면 우리는 우주선단을 착륙시켜 여러분의 정부를 모두 접수하고 명령에 강제로 복종하게 할 수밖에 없습니다.

일을 진척시키는 데는 협박만 한 것도 없지.

우리는 전반적으로 평화주의자지만, 그걸 너무 믿고 덤비는 일이 없기를 바랍니다. 앞서 우리가 무시무시하게 생겼다고 했는데, 우리는 생긴 것만큼이나 엽기적인 존재입니다.

이것은 경고입니다.
외계우호연맹 소속 자르크

추신: 편지에 답할 필요는 없습니다. 하지만 굳이 원한다면 이 병을 다시 사용해주십시오. 이 병은 재활용이 가능합니다. 병을 지구궤도에 올리려면 우주로 아주 높이 던져야 합니다. 팔 힘이 엄청 세야 할 겁니다. 그보다는 로켓이 있다면 로켓 사용을 권장합니다. 헛간을 한번 뒤져보기 바랍니다.

톰은 펜을 내려놓고 흡족한 마음으로 편지를 다시 읽었다. 좋았어. 제법 그럴듯해. 사실 외계인의 유리병 편지를 받고 싶은 것은 톰 자신이었다. 유리병 편지는 외계인이 연락을 취하는 방법으로 그만이다. 어쩌면 지금도 외계인이 보낸 유리병 편지들이 지나가는 우주비행사를 기다리며 우주를 떠돌고 있을지 모른다.

톰은 노트에서 편지를 뜯어내 정성껏 말아서 콜라병에 넣고, 코르크로 입구를 단단히 틀어막았다. 그리고 병을 옆에 세워두었다.

하나는 됐고, 다음 편지로 넘어가볼까. 이번에는 갈색 맥주병에 넣을 편지를 쓸 차례였다. 이번에는 어떻게 쓸까? 이번엔 누구를 할까? 외계인은 그만. 다른 사람이 다른 메시지를 보내는 걸로 하자. 톰은 잠시 생각하다 펜을 들었다.

발견자에게.

유리병 편지 복권협회에서 알려드립니다. 귀하는 지금 엄청난 액수의 당첨금이 걸려 있는 복권을 받으신 겁니다. 이 복권으로 일확천금의 꿈을 이루실 수도 있습니다. 먼저 번호를 확인해야 합니다. 귀하의 번호는 아래와 같습니다.

톰은 번호를 썼다. 9836983034389. 그리고 다음에 쓸 말을 궁리했다. 그리고 이렇게 썼다.

우선 인터넷에서 유리병 편지 복권 당첨번호를 찾아서 본인의 번호와 대조하세요. 아무 검색창이나 열고 유리병 편지 복권을 입력하시면 됩니다.

귀하의 번호가 당첨번호 리스트에 있다면, 즉 떼돈을 따냈다면, 이 편지를 발신자(다시 말해서 나)에게 반송해주세요.

반송하실 때 편지 아래에 V 표시를 하시고 이렇게 쓰세요. '나는 유리병 편지 복권의 당첨번호 수신자입니다.'

거기에 귀하의 이름, 주소, 전화번호를 적고, 신분 확인을 위해 귀하의 신발 치수와 코 평수도 적어주세요.

주의사항: 귀하의 신발 치수와 코 평수가 확인되지 않을 시 당첨금 지급이 불가합니다. 실제로는 마당발이나 코주부이면서 코가 작은 척 엉터리 정보를 기재하시면 곤란합니다. 이건 아주 중요한 사안임을 알아주십니오. 치수는 반드시 정확하게 재야 합니다. 실제의 코와 보내신 치수가 일치하지 않는 경우 당첨금은 물 건너갑니다. 대신 해당 당첨금은 '돌고래의 고향'이라는 자선단체에 기부됩니다.

편지에 필요한 정보를 적으신 다음에는 병을 다시 단단히 막아 발신자에게 아래 주소로 반송해주십니오.

세계, 습지, 해변, 어디인가 근니번지,

유리병 편지 복권협회,

더 톱 블로크(the top bloke. 영국 영어로 '정말 좋은 녀석' 이라는 뜻:옮긴이)

우편번호: SEA 123

최대한 빨리 답을 드리도록 노력하겠지만 인내심을 가지고 기다려주십니오. 병을 받아내는 데 시간이 좀 소요됩니다. 짧게는 몇 주, 길게는 수천 년이 걸립니다. 그러니 숨 참기에 일가견이 있어서 무호흡으로 몇 년씩 버틸 수 있는 분이 아니라면 괜히 숨죽이고 기다리는 일은 삼가주십니오.

행운을 빕니다. 만약 떼돈에 당첨된다면 다른 사람들과도 복을 나누고 조금은 자선단체에 기부하는 것도 잊지 마시기 바랍니다. '돌고래의 고향'을 다시 한 번 추천합니다. 아니면 '노령 청어 요양원' 이나 '고아 게와 불우 바닷가재를 위한 구호재단' 은 어떠신지요? '주의력결핍장애 불가사리 구제협회' 도 후원을 기다립니다.

이만 편지를 줄입니다. 병을 단단히 막으세요. 항구 건널 때 좌우 살피는 거 잊지 마시고, 항상 구명조끼를 착용하세요. 잘 때도 입고 자고, 절도범에 대비해 작살을 항상 끼고 사세요.

유리병 편지 복권협회 사업부장

아서 스푸크스(spooks. '유령들' 이라는 뜻:옮긴이)

톰은 이번에는 편지 감상을 짧게 끝냈다. 써야 할 편지가 한 통 더 남은 데다 숙제는 아직 시작도 못 했다. 편지 세 통을 모두 완성하고 병에 넣는다고 끝이 아니었다. 편지들을 물때에 맞춰 바다에 던지려면 집을 빠져나갈 핑계도 만들어야 했다.

사람들이 편지를 부칠 때 우편물 수거 시간을 노리듯, 톰은 바닷물이 나갈 때를 잡아야 했다. 물론 오늘 놓치면 언제나 내일이 있다. 조수와 집배원은 공통점이 많다. 꼬박꼬박 주기적으로 오가고, 왕래를 끊는 적도 없다. 다만 집배원은 성탄절에 쉬지만 바닷물은 무슨 일이 있어도 멈추지 않고 휴가를 내지도 않는다.

방문에서 노크 소리가 났다. 톰이 대답할 틈도 없이 마리가 방문 안으로 머리를 들이밀었다.

"누가 들어오래?"

"안 들어갔잖아."

"용건이나 말해."

"엄마가 15분 후에 저녁 먹을 건데 너보고 식탁 좀 차리래."

"왜 내가 차려? 누나는 뭐 하고?"

"난 설거지할 거거든. 그리고 엄마가 너 숙제 다 했는지 물어보래."

"내가 뭐 하는 것처럼 보여?"

"쓸데없이 병 끼고 빈둥대는 것처럼 보이는데? 뭐 하는 건데? 공병 줍기 알바라도 시작했어?"

"알았어. 알아들었어. 15분 후."

"저 병들은 모아다 뭐 할 건데?"

"남의 방에 머리 디밀고 쓸데없는 오지랖 떨어서 뭐 할 건데?"

"야- 그러지 말고 말해봐."

"싫어. 놀릴 거면서."

"안 놀려."

"맨날 놀리잖아."

"내가 언제?"

"그렇게 알고 싶어? 편지 쓴다, 왜? 편지를 병에 넣어서 바다에 띄울 거다."

마리는 어이없다는 눈으로 동생을 보다가 인상을 썼다.

"그걸 누가 읽는데?"

"누구든 발견하는 사람이 읽겠지."

"그걸 누가 발견하는데? 세상천지가 바다야. 영원히 아무도 발견 못 할걸?"

"발견할 수도 있지, 그걸 누나가 어떻게 알아? 이건 물 위의 빵이야. 그런 말도 몰라? 물 위의 빵? 너의 빵을 물 위에 던져라."

"아하, 물 위의 빵- 겸사겸사 갈매기 먹이도 주는 거야?"

"거봐- 무식하기는."

"무식해도 너만큼 무식하겠어?"

"나보다 먼저 태어났으니까 무식한 것도 누나가 먼저거든."

톰은 감정도 상하고 기분도 나빴다. 애초에 누나한테 입을 뻥긋한 게 잘못이었다.

"난 자라서 무식을 벗어났거든?" 마리가 말했다. "근데 넌 평생 그럴 일이 없어 보인다."

마리는 톰이 마땅한 반격을 떠올릴 틈을 주지 않고 문을 탕 닫고 여봐란 듯이 사라졌다. 마리는 딱 그렇게 했다. 여봐란 듯이.

누나란 때로 없느니만 못했다. 있으면 짜증나는 존재였다. 다른 집 누나들도 다 저렇게 짜증 유발자일까? 그건 또 아닌 것 같았다. 친구 누나들은 착하고 다정하던데. 아니면 원래 친누나만 진상인가?

톰은 다시 펜을 들었다.

무식한 자여,

어떤 멍청이가 이런 곰팡내 나는 병을 바다에서 건져서 육지로 가져가거나 갑판으로 끌어올리는 고생을 할까 싶었는데, 그게 바로 댁이었군요. 그것도 모자라 이젠 병을 열고 편지를 꺼내 읽고 계시기까지?

이런 말 하기는 싫지만 이건 댁이 저지를 법한 수많은 바보짓 중에서도 가장 무식한 바보짓이에요.

대체 얼마나 멍청하면 헐어빠진 병 나부랭이에 반 푼어치라도 의미를 두는지 한심하기 짝이 없네요.

병에 편지를 넣어 바다에 던지는 사람이 제정신이겠어요? 단 1초라도 그렇게 생각했다는 건 자체가 댁이 얼마나 멍청한지 증명하는 겁니다. 제정신은커녕 무식한 진상일 겁니다. 적어도 세상 누나들이 하는 말에 의하면 그래요. 물론 나야 누나들이 하는 말은 모두 쓰레기라고 생각하지만요.

맞아요. 유리병 편지가 발견될 확률은 지극히 낮아요. 유리병 편지를 보내는 건 멍청한 바보나 하는 짓이에요. 그 편지가 발견돼서 답장이 올 확률은 더더욱 희박해요. 그러니 답장을 바라는 건 상상을 초월하는 멍청한 짓이에요. 적어도 누나들의 말에 따르면.

45

이봐요. 이 편지를 읽고 있는 댁이나 그걸 보낸 나나 피차 천하의 얼간이로 드러난 김에, 유리병 편지를 기반으로 서로 정기적으로 연락이나 주고받는 친구가 되는 건 어때요?

우리 같은 멍청이 부류는 서로 뭉쳐야 해요. 난 그렇게 믿어요. 그러지 않았다간 똑똑한 인간들이 우리를 초토화할 테니까. 수적으로는 우리가 훨씬 우세하니까 잘만 뭉치면 우리에게도 충분히 승산이 있어요.

되도록 빨리 멍청한 회신을 줘요. 멍청한 내용이기만 하면 어떤 내용이든 상관없어요. 어차피 내가 받게 될 가망이 없으니 창피할 것도 잃을 것도 없잖아요.

참고로 말하는데, 우리 집에 무식하고 멍청한 인간이 나 혼자는 아니에요. 우리 누나에 비하면 난 아마추어 무식자에 불과해요. 우리 누나는 완전 프로 무식자예요. 언젠가 무식을 떠는 일로 돈을 벌고, TV 장기자랑 쇼에 나가 무식을 인정받고 국제적으로 무식을 떨 희망까지 품고 있어요. 말 다했죠.

또 우리 집에는 너무 멍청해서 자기가 카나리아인 줄 아는 고양이도 있어요.

답장을 보낼 때 잊지 말고 병을 도로 잘 막아요. 그러지 않았다간 병에 물이 차서 가라앉아요. 제대로 멍청한 짓이 되는 거죠.

댁이 나만큼 멍청하다 해도 걱정하거나 좌절할 필요는 없어요. 위로가 될지는 모르겠지만, 댁이 아무리 멍청해도 세상에 댁보다 멍청한 사람이 적어도 한 사람은 있다는 걸 기억해요. 그 사람의 이름은 마리 펠로우예요. 궁금할까 봐 말해주는 겁니다.

멍청이들의 제왕,

아버스노트 쉥크스 보냄.

주소: 얼간이 나라, 모자람 주, 돌대가리 시, 멍청이 가, 바보 1번지

우편번호: STU PID.

톰이 세 번째 편지를 돌돌 말아서 진저비어 병에 넣고 뚜껑을 닫았을 때였다. 아래층에서 엄마의 고함 소리가 들렸다.

"톰! 엄마가 내려와서 저녁 식탁 차리라고 했을 텐데!"

"가요! 가요!"

톰은 얼른 병들을 창턱에 가져다놓고 계단을 뛰어 내려갔다.

병을 바다에 던지는 건 아무래도 내일 해야겠다. 오늘은 너무 늦었어. 내일 아침 썰물을 잡을 수 있을까? 톰은 조석시간표를 확인했다. 부엌 코르크판에 조석시간표가 붙어 있었다. 친지들이 휴가지에서 보낸 그림엽서들, 전화번호를 적은 쪽지들, 장보기 목록들, 할 일 메모들과 함께.

마을 사람들은 집집마다 눈에 잘 띄는 곳에 조석시간표를 붙여두었다. 바닷가에 사는 사람들은 당연하게 하는 일이었다. 남들이 버스시간표나 기차시간표에 맞춰서 살듯 바닷가 사람들은 조석시간표에 맞춰서 산다. 무엇을 잡아야 하느냐, 그것이 문제다. 뱃사람과 어부는 물때를 잡아야 한다. 물때를 놓치면 늦는다. 물때를 놓치면 낭패다.

5
유리병 편지에는 불리한 날씨

톰의 방 창문에서는 만(灣)이 내다보였다. 이튿날 아침 톰은 커튼을 열고 날씨부터 살폈다. 조수가 게조(밀물과 썰물이 바뀌면서 바닷물의 흐름이 잠시 멈춰 있는 상태:옮긴이)에서 막 썰물로 바뀌고 있었다. 하지만 바람이 충분치 않아서 수면이 잔잔했다.

병 던지기엔 나쁜 날씨야. 톰은 생각했다. 이런 아침에 유리병을 바다에 던지는 건 의미 없는 짓이야. 던져봤자 아무 데도 못 가고 부표처럼, 젖은 나뭇잎처럼, 제자리를 맴돌 게 빤해.

톰은 병들을 옷장에 넣고 옷으로 잘 덮어놓았다. 우선은 이렇게 두자. 톰은 엄마가 편지를 읽는 것을 원치 않았다. 물론 병들을 옷장에 오래 숨겨둘 계획은 아니었다. 나중에, 저녁 밀물에 편지들을 풀어줄 작정이었다.

톰은 아침 먹고 학교로 향했다. 문제는 마리 누나였다. 누나는 이날 등교할 필요가 없었다. 곧 시험 기간이라 집에서 '공부하시는' 중이었다. 누나가 괜히 내 방에 얼씬대며 오지랖 쩌는 코로 병을 쿵쿵대는 일은 없어야 할 텐데.

엄마는 원래 출근하지 않았다. 직업은 있지만 직장에 '갈' 필요
는 없었다. 톰의 엄마는 도예가이고, 집에서 작업했다. 엄마는 머
그잔과 그릇과 접시와 단지와 컵과 항아리를 만들었다. 한마디로
도기를 만들었다. 그게 도예가가 하는 일이었다. 집 뒤에 가게 겸
전시 공간이 있고, 거기에 도기를 굽는 가마가 딸려 있었다. 가게
창문에 '종을 울리세요'라고 쓰인 팻말을 달아놓았다.

여름에는 종이 자주 울렸다. 봄가을에는 좀 뜸했고, 겨울에는
거의 울리지 않았다. 하지만 가게 종이 꼭 울릴 필요는 없었다. 엄
마는 웹사이트도 운영하고 있었다. 엄마의 거창한 표현에 따르면
엄마의 '인터넷 존재감'도 상당했다. 달리 말하면 엄마는 통신판
매로도 도기와 자기를 팔았고, '아티스트로서 인지도를 쌓아가는'
중이었다. 가게 뒤편 창고에 그득한 포장용 버블랩과 지피봉투가
그 증거였다.

하지만 관광객이 가족의 밥줄인 건 사실이었다. 톰의 아빠가 바
다에서 실종된 후 가족의 생활은 전적으로 엄마의 소득에 의지했
다. 이 마을의 생계수단은 딱 두 가지였다. 관광업과 어업.

결과적으로 마을 풍경은 고달픈 삶의 현장과 세상을 잊은 풍류
가 대조를 이루며 공존했다. 저인망어선과 낚싯배와 통조림 공장
과 어시장이 있는가 하면, 찻집과 파이 가게와 기념품 가게가 있
었다. 기념품 가게는 포구에 늘어선 배 그림과 절벽에 앉은 바다
오리 그림과 각종 장식품을 팔았다. 성수기에는 서핑 스쿨과 다

이빙 아카데미도 문을 열었다. 서핑 강사들은 비수기에는 다른 일을 했다. 페인트칠, 인테리어 공사, 건축 일 등등.

여름에는 마을이 들썩들썩하고 주차 공간을 찾기가 어려울 정도였다. 관광객들은 이리저리 배회하며 눈에 들어오는 모든 것을 구경했고, 높다란 해안 산책로를 걷다가 티타임 때면 찻집들로 몰려들었다. 아니면 해변에서 느긋하게 일광욕을 즐겼다. 그들은 타월을 깔고 누워서 파도가 속삭이는 소리를 들으며 이렇게 생각했다. 여기서 살면 좋겠다. 그러면 이 바다와 태양과 모래사장과 파도를 매일 즐기며 살 거 아냐.

모르는 소리였다. 현실은 딴판이었다. 겨울에는 폭풍이 해안을 덮쳤고 사람들을 앗아갔다. 저인망어선이 바다에 나갔다가 귀환하지 못할 때도 있었다. 톰의 아빠처럼 고향에서 충분한 돈을 벌지 못하는 남자들은 외항선을 타고 먼바다로 나갔다. 흔한 일이었다. 사람들은 가진 지식과 기술을 가지고 어디든 팔 수 있는 곳으로 갔다.

델윅에서 나고 자란 남자들은 상선 선원이 되어 세계 곳곳의 바다로 나갔다. 로즈 헤이븐에 계류 중인 선박들처럼 세계를 도는 대형 정기선과 화물선의 갑판과 선교에 델윅의 남자들이 있었다. 그들은 해도(海圖)를 읽고 항로를 잡고 배를 관리했다.

하지만 최고의 선원도, 가장 노련한 뱃사람도 때로는 귀향하지 못했다. 바다는 사람을 가리지 않았다. 조심성 많은 사람과 조심성 없는 사람, 무식쟁이와 박식한 사람, 신중한 사람과 무모한 사람, 빈틈없는 사람과 덤벙대는 사람. 바다는 원하면 누구든 데려 갔다. 어떤 성품도 어떤 기술도 바다를 이길 수는 없었다.

지각 있는 뱃사람이면 누구나 처음부터 불공평한 싸움이라는 것을 알고 있었다. 항구로 돌아올 때마다 무사 입항에는 자신의 능력뿐 아니라 운도 한몫했다는 것을 알고 있었다. 운과 날씨가 도와야 했다. 뱃사람들이 미신을 믿는 건 당연했다. 철저히 실리적인 사람도 예외는 아니었다. 열쇠고리에 단 행운의 부적. 사랑하는 사람이 걸어준 성 크리스토퍼(여행자의 수호성인:옮긴이) 메달 목걸이. 배에 오를 때 왼발부터 올려놓지 않기. 양철 머그잔에 차를 마실 때 조금 남겨서 바다로 뿌리기. 바다에 바치는 조공처럼.

물론 그렇게 한다고 달라지는 건 없었다. 그걸 모르는 사람도 없었다. 그래도 그들은 미신을 지켰다. 영원히 지켰다. 세상에 논리적인 일만 있는 건 아니었다. 어떤 것들은 논리를 초월했다. 하지만 모르는 일이었다. 치료보다 예방이 우선이었다.

톰은 통학버스에 늦지 않게 서둘렀다. 워낙 작은 마을이라 마을 안에는 따로 학교가 없었다. 톰의 마을은 똑같이 아름답고 똑같이 작은 다른 여섯 마을과 학교 하나를 공유했다. 버스 정류장은 포구에 면해 있었다. 톰은 버스를 기다리면서 사람들이 배에서 짐을 부리고 그물을 수선하고 엔진을 손보는 익숙한 장면들을 바라봤다. 공기에서 생선 냄새와 해초 냄새가 났다. 날마다 반복되고 영원히 이어지는 일상이었다. 거기서 나오는 움직임과 소음이 오래된 의식처럼 기묘한 무한함을 풍겼다.

몇몇 어부가 톰에게 고개를 끄덕이며 인사를 던졌다. 톰도 인사했다. 사람들은 더는 톰의 아빠를 언급하지 않았다. 톰의 아빠가 실종된 지 이제 1년이 넘었다. 톰만 겪은 일은 아니었다. 두 세대만 올라가도 마을에는 바다에서 실종된 가족이 없는 집이 드물었다.

하지만 거리가 문제잖아. 톰은 가끔 생각했다. 우리 아빠는 너무 먼 데서 그렇게 됐잖아. 힘든 건 그거였다. 톰의 아빠는 아득히 먼 곳에서, 세상 반대편에서 사라졌다. 이승과 저승 사이의 건널 수 없는 거리만 거리는 아니다. 애도하는 사람과 애도할 대상의 현실적 거리도 문제였다. 톰에게는 애도하러 갈 무덤도 비석도 없었다. 아무것도 없었다.

톰은 가끔씩 상상했다. 만약 배가 침몰할 때 아빠한테 편지를 쓸 겨를이 있었다면? 펜과 종이를 움켜잡고, 굴러가는 병을 낚아채서 찌꺼기를 쏟아버린 다음, 마지막 순간에 편지를 남겼다면? 그랬다면 지금 그 편지가 이리로 오고 있지 않을까? 해류를 타고. 조수를 타고. 이 방향으로 흐르는 게 멕시코만류였던가?

아빠가 편지를 썼다면 뭐라고 썼을까? 배가 승무원 전체와 가라앉을 때 무슨 말을 남겼을까? 선박회사에서는 말했다. 배가 승무원 모두와 함께 침몰했다고. 승무원 모두와 함께. 생존자는 단 한 명도 없었다. 아빠한테 뭐라도 휘갈겨 쓸 시간이 있었을까? 사랑한다거나, 나를 잊지 말라거나. 그러기엔 바닷물이 너무 차가웠을까? 손이 굳어서 펜을 잡을 수 없었을까? 손가락에 감각이 없어지고 손마디가 하얗게 주름져서.

빵빵.

통학버스 운전사가 냅다 경적을 울렸다.

"탈 거야, 말 거야?"

버스가 몇 초 전에 당도했다. 운전사는 인내심이 짧기로 악명 높았다.

"왜 그래? 또 멍 때려? 머리를 구름에 박고 다니는 건지, 하여 간 애들은 알 수가 없다니깐."

정확히 말하면 구름이 아니었다. 톰은 바다에 있었다. 아주 먼 바다. 톰의 머리는 바다거품과 물보라 속에 있었다.

톰은 정기승차권을 보여주고 버스에 올라탔다. 버스는 계속해 서 해안도로를 달리며 간간이 멈추고 승객을 태웠다. 톰은 친구 들 몇몇과 눈인사를 나누고 그리로 가서 앉았다. 마침 창가에 자 리가 있었다. 톰은 머리를 유리창에 기대고 바다를 내다봤다. 이 제 해상에 바람이 세지고 있었다. 파도가 허연 거품을 이고 몰려 왔다. 뱃길에도 눈에 띄게 물이 불었다.

연안 해역에 돛단배가 한 척 외로이 떠 있었다. 하얀 돛이 바람 에 잔뜩 부풀었다.

톰은 엄마 생각을 했다. 엄마는 지금쯤 도자기물레 앞에 앉아 점토 범벅이 된 손으로 그릇을 빚고 있겠지. 가마에는 불이 붙고 열기가 오르겠지. 엄마의 손 아래서 오늘의 첫 번째 도기가 모양 을 잡아가고, 다른 도기들은 선반에서 천천히 말라가며 무늬가 새겨지고 유약이 발라질 때를 기다리고 있겠지. 엄마가 톰한테 도기 만드는 법을 가르쳐준 적이 있었다. 그때 실제로 해본 결과 톰은 안타깝게도 엄마의 재능을 이어받지 못한 걸로 드러났다. 톰이 만든 그릇은 하나같이 이상야릇했다. 머그잔은 바닥이 기우뚱했고 손잡이는 죄다 삐뚜름하게 붙었다. 그걸로 차를 마셨다가는 마시는 것보다 쏟는 게 많을 판이었다.

톰은 나중에 병들을 니들 록으로 가져가기로 맘먹었다. 거기 올라가서 병들을 육지에서 최대한 멀리 던져야지. 아주 멀리. 병이 바다에 떨어질 때 텀벙 소리가 들리지 않을 만큼 멀리.

그래, 해보는 거야. 너의 빵을 물 위에 던져라. 너의 희망과 꿈도 함께 던져라. 그리고 내일 무슨 일이 일어날지 기다려라. 어쩌면 좋은 일이, 어쩌면 나쁜 일이, 어쩌면 둘 다 조금씩 생길지도 모른다.

톰이 생각하기에 이 격언은 어쩐지 운명보다 의지를, 허상보다 실제를 풍겼다. 뭔가 자연의 거친 섭리가 느껴졌다. 병에 담은 편지는 강해야 살아남을 수 있다. 소용돌이 급류와 날카로운 바위들을 통과해서 국제 해운항로로 나가 깊고 위험한 대양을 가로질러 꾸준히 흘러가야 운명이 정한 사람과 만날 수 있다.

발견자. 어딘가의 누군가.

어딘가의 누군가가 내 병 중 하나를 발견할 거야. 그 사람은 아직 그걸 모르고 있을 뿐이야. 하지만 발견하게 돼 있어. 언젠가는 꼭.

맨 처음 보낸 편지는 지금쯤 이미 누가 발견했을지도 몰라. 첫 번째 편지를 띄운 게 벌써 몇 주 전이니까. 지금 이 순간 그 사람이 병을 향해 팔을 뻗고 있을지 몰라. 그의 손가락이 병을 붙잡고 있고, 동시에 그의 마음에 이런 생각이 지나가고 있을지 몰라. 이게 뭐지? 안에 뭐가 들었는데! 어럽쇼? 뭐가 든 거야?

톰은 버스 좌석에서 몸을 뒤척였다. 막연한 기대감과 흥분감에 뱃속이 울렁였다.

"야, 톰!"

톰이 고개를 돌리니, 매트 콜스가 좌석 사이에서 톰을 보고 있었다.

"뭐?"

"창밖에 재밌는 일이라도 일어났냐?" 매트가 말했다. "도깨비라도 봤어?"

"아니. 근데 방금 또라이는 하나 봤다."

"그래? 나도 지금 하나 보고 있는데."

둘은 서로 히죽 웃었다. 상호 모욕은 진정한 우정의 표시였다. 톰은 다시 창밖 풍경으로 고개를 돌렸다. 매트도 자기 스마트폰으로 눈을 돌렸다. 5분 후 버스가 학교 앞에 섰다. 학교에서는 이날따라 시간이 더디게 흘렀다.

저녁을 먹은 후 톰은 산책하러 나간다고 했다. 엄마와 누나가 이상한 눈으로 쳐다봤다. 원래 톰은 저녁 산책을 다니는 타입이 아니었다.

"그래. 대신 조심해-"

"엄마! 그 소리 좀 그만해요."

필요 없는 말이란 걸 엄마도 알고 있었다. 그래도 항상 했다. 영원히 할 게 분명했다. 바다는 피할 수 없는 존재다. 문만 열면 버티고 있다. 한순간은 잔잔하고 다정하다가도 다음 순간 으르렁대는 괴물로 변한다. 잡아먹으려고 손을 뻗치는 괴물.

톰은 병 세 개를 코트 밑에 숨기고 집을 나섰다. 부두를 끼고 걷다가 해안 산책로를 올라가 니들 록으로 갔다. 거기에 굴뚝바위라고 부르는, 기둥처럼 우뚝 솟은 화강암 바위가 있었다. 톰은 거기 서서 수평선을 바라봤다. 이날 저녁따라 태양이 거대했다. 태양은 핏빛 오렌지색이었다. 세상의 붉은색과 금색과 노란색이 모두 엉겨서 너울거렸다. 그러다 그 덩어리가 터져서 하늘과 바다가 온통 시뻘겋게 물들었다.

톰은 병들을 하나씩 힘껏 휘둘러서 모두 바다로 던졌다.

"여기 있다! 하나 더! 세 개 더 가져!"

파도가 굶주린 동물이 먹이를 덮치듯 병들을 낚아챘다. 그리고 먹잇감을 바삐 소굴로 끌고 가려는 듯 사납게 너울댔다.

병을 던졌더니 어깨가 뻐근했다. 톰은 팔을 주무르며 바다에 떠가는 병들을 지켜봤다.

병들은 금세 시야에서 사라졌다. 날이 저물고 있었다. 톰은 집으로 향했다. 개를 산책시키러 나온 사람이 톰한테 인사를 던졌다.

톰이 집에 도착했을 때는, 붉게 물들었던 수평선마저 검게 변했다. 누가 문을 닫은 것처럼 하늘에 마지막까지 남아 있던 빛도 꺼졌다. 멀리 포구 밖에서 부표들이 쏘는 불빛이 번쩍번쩍 빛났다. 거기 달린 종들이 철컹거리는 소리도 들렸다.

톰은 머지않아 답장을 받을 것 같은 기분이 들었다. 바다에 부친 편지의 답장. 저 너머에 반드시 누가 있을 거야. 지켜보고, 기다리고, 듣고 있는 사람. 나 혼자일 리 없어. 밀물을 타고 답이 전해 오기를, 깊이 묻혔던 비밀들이 수면으로 떠올라 해안으로 들어오기를 기다리는 사람이 반드시 또 있을 거야.

아니면 아빠의 편지가 오고 있을지 몰라. 아빠가 병에 담은 말들, 마지막 작별의 말들이 오고 있을지 몰라.

작별인사도 없이 가는 사람은 없으니까. 작별인사 없이 가는 법은 없으니까. 사람들에게 어떻게든 알리고 싶지 않겠어? 내가 마지막 순간까지 당신들을 생각하고 있었다는 것을. 바다에라도 그 생각을 뿌리고 싶지 않겠어? 긴긴 여정이 되겠지만 언젠가는 시간과 조수가 그 생각을 집에 전해주길 바라면서.

병에는 날개가 있다. 유리병 편지는 계절 이동을 하는 철새와 비슷하다. 새들은 아주 멀리까지 꿋꿋하게 여행한다. 바람과 날씨에 흔들리면서도 결국은 어마어마한 거리를 날아서 어떻게든 집을 찾아간다. 실패하는 법 없이 언제나 해낸다.

6
인어를 본 사람

2주가 흘렀고 다시 3주가 흘렀다. 톰은 이성적으로 생각하려 했지만 점점 비이성적으로 되어갔다. 인내심을 가지려 했지만 점점 애가 탔다. 머리는 아무것도 기대하지 말라고 했지만 가슴은 끊임없이 무언가를 기대했다. 수면 위로 까닥이며 나타나는 병. 대답 한 마디. 답장 한 통.

주말에는 친구들과 서핑을 했다. 하지만 보드를 저어 파도를 맞으러 나갈 때도, 파도를 타고 해변으로 돌아올 때도 톰의 눈은 하얀 물거품 속에서 번득이는 초록색 유리병이 없는지 살폈다.

톰도 자기가 바보 같다고 생각했다. 스스로에게 이건 바보짓이라고 말했다. 그래도 자꾸 기다려지는 건 어쩔 수 없었다. 저녁마다 통학버스에서 내리면 곧장 집으로 가는 대신 포구로 향했다. 그리고 멍하니 바다를 봤다. 그러다 결국 어느 날 저녁, 남의 눈에 띄었다.

"인간은 희망에 산다. 톰, 너도 그런 거냐?"

톰은 깜짝 놀라 고개를 돌렸다. 스토비 씨가 뒤에 있었다. 스토비 씨는 마을의 늙은 어부였다. 평생을 저인망어선에서 일했고, 갑판 윈치(밧줄이나 쇠사슬로 무거운 물건을 들어 올리는 기계:옮긴이)에 손가락 두 개를 잃었다. 하지만 그는 항상 자신을 운 좋은 사람이라 불렀다. "목숨을 잃는 사람들도 있는데 손가락 두 개가 대수야?"

톰은 스토비 씨의 질문에 얼른 대꾸하지 못했다. 스토비 씨의 말은 사실이었다. 톰은 희망에 살고 있었다. 하지만 그걸 인정하고 싶지는 않았다. 희망에 사는 건 좀 서글픈 일이었다. 희망이 실현되지 못한 날은 곧 낙담의 날이었다. 그것도 그렇고, 희망이든 낙담이든 개인사였다.

"뭘 희망해요?" 톰은 아닌 척했다.

"나야 모르지. 네가 알겠지. 요즘 보니까 네가 오후마다 여기 내려와서 기다리는 배가 있는 사람처럼 수평선만 쳐다보고 있길래 하는 말이다. 보물을 잔뜩 싣고 들어올 배라도 있냐."

"아뇨, 그런 게 어디 있어요? 그냥 보는 거예요. 할아버지는 배에다 뭘 하세요?" 톰은 화제를 바꿨다. "페인트칠 하세요?"

스토비 씨가 고개를 끄덕였다. 그는 선택권이 없는 사람처럼 알아서 물러났다.

"배는 항상 손봐야 하거든. 그러지 않으면 금세 썩어 문드러져서 어느 날 눈앞에서 와르르 폭삭하고 말아."

스토비 씨가 쑤시는 어깨와 팔을 쭉 폈다.

"하루 물에 나갔으면 하루는 손봐야 하는 게 배야. 고달픈 노릇이지만 달리 도리가 없지. 내 배 어떠냐?"

"멋져요. 완전히 다른 배 같아요."

배는 파란색 유광 페인트를 입고 반짝이고 있었다.

"그렇지? 붓질 몇 번에 이렇게 변하니 놀랍지 않냐. 이런 걸 정비라고 하는 거다. 페인트칠이야 쉬운 축에 들지. 칠하기 전에 먼젓번 페인트를 사포로 벗겨내는 게 힘들지."

톰은 무심히 듣기만 했다. 눈은 바다를 향해 있었다.

"찾는 게 뭐냐?" 톰의 시선을 따라가며 스토비 씨가 물었다. "바다표범? 돌고래? 귀항선이 아닌 건 확실해?"

톰은 얼굴이 달아올랐다. 유리병 편지와 답장에 대한 희망을 남에게 털어놓고 싶은 마음이 아주 없는 건 아니었다. 하지만 세상에는 말할 수 있는 것들이 있고 혼자 간직해야 하는 것들이 있다. 톰은 본능적으로 그걸 느꼈다. 나한테 심각한 일이 남들에겐 농담거리에 지나지 않을 수도 있어. 마리 누나를 봐. 누나에겐 이 모든 게 한낱 놀림거리에 불과해.

"특별히 찾는 건 없어요. 그냥- 보는 거예요."

"바다를 그냥 보는 건 좋지 않아. 오래 그러고 있으면 못쓴다."

톰은 스토비 씨가 농담을 하는 건지 곁눈으로 살폈다. 하지만 스토비 씨의 얼굴에는 웃음기나 장난기가 한 점도 없었다.

"왜요? 바다를 쳐다보는 게 뭐가 어때서요?"

"바다가 끌어당겨. 그래서 안 돼." 스토비 씨가 더없이 심각한 얼굴로 말했다. "바다란 그런 거야. 너무 오래 너무 깊이 쳐다보면 거기서 영영 도망치지 못해."

"할아버지도 그렇게 된 거예요?"

스토비 씨가 벌쭉 웃었다. 주름으로 가득한 미소였다. 주름이 너무 가득해서 스토비 씨가 주름으로 만든 사람처럼 보였다.

"아마도. 나도 영원히 벗어나지 못했지. 맞는 말이야. 나한텐 마른 땅보다 바다가 집 같으니까. 배가 곧 물 위의 집이지, 아니면 뭐겠냐. 나한텐 떠다니는 방갈로요 유람선이지."

스토비 씨는 작은 유람용 모터보트에 낚싯대와 낚싯줄과 게잡이 통발과 찌를 가지고 다녔다. 여객 수송 면허가 있어서 성수기에는 낚시꾼들을 데리고 바다로 나갔다. 허벅지까지 오는 낚시용 장화로 멋을 부린 휴가객들 사이에서 스토비 씨는 어느 때보다 추레해 보였다. 휴가철이 끝나면 그는 혼자 낚시하러 나가 고등어와 바닷가재를 잡았다. 그에겐 모터보트 외에 로우보트(노로 저어서 가는 배:옮긴이)와 선외 모터를 단 소형 보트도 하나씩 있었다. 그는 배라면 남부럽지 않게 많았다.

스토비 씨는 정통파였다. 일하는 방식뿐 아니라 생김새도 그랬다. 그는 무두질한 가죽과 풍상을 겪은 바위를 닮았다. 어깨는 넓고, 숱이 줄어드는 백발은 제멋대로 늘어졌다. 손은 마디마다 옹이가 져서 울퉁불퉁하고 상처로 거칠었다. 그는 10대 때부터 저인망어선에서 일했다. 지금은 60대이고 아직 살아 있었다. 없어진 건 손가락 두 개뿐이었다. 이제는 놀고먹으며 살아도 뭐랄 사람이 없었다. 하지만 느긋하게 사는 건 그가 사는 방식이 아니었다. 간단히 말해서 그는 억세게 사는 것을 좋아했다.

스토비 씨는 바다가 그에게 던진 모든 것에서 살아남았다. 하지만 자신을 조금도 승리자로 여기지 않았다. 그는 다만 운 좋은 남자에 불과했다. 의기양양은 그의 몫이 아니었다. 그것은 바다의 몫이었다. 그는 바다의 힘을 알고 있었다. 바다는 누구든 원하면 언제라도 앗아갈 수 있다.

"찾고 있는 게 뭐냐?" 스토비 씨가 다시 물었다. 그의 호기심도 아직 죽지 않았다.

"찾는 거 없어요."

"정말이냐? 우체부가 용돈 든 생일카드를 가지고 도착하기만을 이제나저제나 기다리는 얼굴이던데?"

"아녜요." 톰은 스토비 씨의 통찰에 움찔 놀랐다. "그냥- 보는 거라니까요."

"그래? 그럼 보다가 가거라. 하지만 말했다시피 너무 오래 보지는 마라. 그러다 잡으러 올라."

"뭐가 잡으러 와요?"

"뭐긴 뭐야. 바다가 잡으러 오지. 인어가 와서 물어 가거나."

"넣어두세요, 할아버지. 제가 인어를 믿을 나이는 지났거든요."

"좋을 대로. 다만 이건 알아둬라. 이건 인어를 믿고 안 믿고의 문제가 아냐. 인어가 널 믿느냐의 문제지."

"할아버지도 인어를 못 보셨으면서."

"봤지, 왜 못 봐. 인어가 그물에 걸린 적이 있었어. 그물로 건져서 다시 바다로 던져줬지. 인어가 다치거나 생선가게 도마 위에서 끝나는 건 싫었거든."

"거짓말."

스토비 씨의 허풍은 아무도 못 말렸다. 정말 그랬다. 얼마나 뻔뻔하게 허풍을 치는지 아차하면 속아 넘어갈 정도였다.

"누가 거짓말이래? 그중 하나랑 말도 했어. 나한테 이러더라. '고마워요, 스토비. 신세 진 거 잊지 않을게요. 곤경에 처하면 날 불러요.' 그러면서 자기 이름이 루시라고 하더라. 저기 방파제 근처에 산다나?"

"방금 지어낸 말이잖아요."

"맘대로 생각해라, 녀석아. 하지만 장담은 금물이야. 하늘과 땅, 바다와 육지엔 너나 내가 아는 것보다 훨씬 많은 일들이 일어나. 난 코로나방전도 봤고 북극광도 봤어."

"코로나방전이 뭔데요?"

"인터넷에서 찾아봐. 그걸 보면 처음엔 귀신인 줄 알아. 돌고래 떼가 배를 바싹 지나가면 어떤지 알아? 거대한 바다뱀이 꿈틀하는 것 같지. 난 별별 걸 다 봤다. 전에는 사람들이 물고기가 난다는 것도 몰랐어. 하지만 난 봤다. 물고기가 물을 박차고 튀어나와서 배를 쫓아 날아오는 거. 갈매기가 물고기를 공중에서 부리로 낚아채는 거."

"그건 경우가 달라요."

"뭐가 달라? 넌 인어를 본 적이 없으니까 너한텐 인어가 존재하지 않는 거야. 하지만 경험한 게 다가 아니란 걸 알아야 해."

톰은 손으로 해를 가리고 바다를 봤다.

"저게 뭐죠?" 톰이 물었다. "물에 뭐가 떠 있어요, 보이세요? 밀물에 밀려오는 거요."

스토비 씨도 바다를 살폈다.

"우유 궤짝 같은데."

"아." 톰은 실망했다. "그런가 봐요. 그렇네요…."

"아니면…" 스토비 씨가 말했다. "…아니면 심해의 외눈박이 괴물이거나."

이제는 문제의 물체가 한층 똑똑히 보였다.

"아뇨. 우유 궤짝 맞아요. 심해의 외눈박이 우유 궤짝이네요."

"바다가 점점 쓰레기장이 되고 있어. 내가 고기잡이를 시작할 적만 해도 바다가 수돗물처럼 맑았는데, 이젠 봉지랑 쓰레기 천지야."

"잡을 만큼 가까이 오면 제가 건져서 쓰레기 수거함에 버릴게요."

"착하기도 해라."

스토비 씨는 다시 배로 가서 페인트칠 장비를 챙겼다. 집에 갈 시간이었다. 아참, 스토비 씨에게도 가끔은 배를 떠나 돌아가는 집이 있었다. 언덕 꼭대기의 작은 집인데, 문에 돌고래 모양의 문고리가 달려 있었다. 이제는 찻주전자를 불에 올리고, 요기를 할

시간이었다. 그래야 선술집으로 향하기 전에 30분가량 눈을 붙일
수 있었다.

"그럼 또 보자꾸나." 스토비 씨가 말했다. "기다리는 배가 얼른
들어오길 바란다."

"기다리는 거 없다니까요." 톰은 우겼다. "찾는 거 없어요. 그냥
보는 거라니까요."

스토비 씨는 장비를 챙겨 떠나고 톰만 남아 수평선을 바라봤
다. 톰을 찾아 바닷가로 천천히 밀려오는 병이 하나쯤 보일 만도
했다. 톰에게 보낸 편지가 담긴 병. 메시지와 의미를 담은 병. 소
식과 할 말을 담은 병.

톰은 해가 어둑해질 때까지 계속 바다를 바라봤다.

7
줍는 사람이 임자

톰은 지금껏 전부 합해 병 네 개를 바다로 부쳤다. 세 통의 장난스러운 편지와 한 통의 진지한 편지. 하지만 답장은 없었다. 어느덧 한 달 넘게 흘렀다. 실망스러웠다. 물론 톰 외에는 아는 사람도, 마음 쓰는 사람도 없었다. 어차피 인생이란 이런 게 아닐까? 나에겐 천지개벽하는 일도 남들에겐 별로 의미 없거나 아무 의미 없었다.

톰은 유리병 편지를 몇 개 더 던져야 하나 고민했다. 그래봤자 이미 한 헛수고에 횟수만 늘리는 꼴이려나? 병을 추적할 방법이 없다는 게 문제였다. 실시간으로 위치 좌표를 쏘는 소형 라디오 송수신기를 병마다 붙여야 하나? 그러면 각각의 병이 어디에 있는지, 어디로 향하는지 알 수 있을 텐데.

지금쯤 병들이 국제 해운항로로 빠졌을 거라는 점만은 확실했다. 해류가 그리로 흘렀고, 항풍(무역풍처럼 항상 일정한 방향으로 부는 바람:옮긴이)이 그 방향으로 불었다. 파도와 바람이 병들을 먼바다로 데리고 나갔을 게 분명했다. 분명하겠지?

어느 날 오후 톰은 포구에 내려갔다가 스토비 씨와 다시 마주쳤다. 스토비 씨는 늘 그렇듯 기름투성이 작업복 차림으로 일하는 중이었는데, 마침 잠깐 일손을 놓고 한담을 나눌 기회를 찾고 있었다. 그는 배를 손보고 있었다. 저인망어업 일선에서 물러난 이후 그의 인생에서 실제로 배를 타고 나갈 일은 현격하게 줄고, 배를 고치고 때우는 일만 엄청나게 늘었다.

"스토비 할아버지-"

"뭐? 왜?"

"질문이 있는데요-"

"그래? 남들에겐 답이 있을 거라고 믿지는 마라."

"조수에 관한 건데요."

스토비 씨의 눈썹이 치켜 올라가 물음표를 만들었다.

"조수가 왜?"

"뭔가를 바다에 던졌다고 쳐요. 니들 록 같은 데서요. 그게 방해받지 않고 바다로 나간다면 조수를 타고 어디로 갈까요?"

질문의 의도를 캐려는 듯 스토비 씨가 톰을 빤히 쳐다봤다.

"던진 게 어떤 건데?"

톰은 구체적으로 말하기 싫었다.

"뭐, 대충- 물건요."

"뜨는 물건, 가라앉는 물건?"

"음, 뜨는 물건요. 아니면 곧장 바다 밑으로 가라앉겠죠."

"그 정도 물건?"

"그 정도 물건요."

"흠."

아까보다 더 긴 침묵이 흘렀다. 스토비 씨는 설명을 시작할 낌새가 없었다.

"그래서요?" 톰이 재촉했다.

"그래서 뭐?"

"어디로 가냐고요."

"바다에 던진 뭔가 뜨는 물건이?"

"네."

"큰 뜨는 물건이냐, 작은 뜨는 물건이냐?"

"작아요."

"얼마나 작아?"

"그냥 좀 작아요."

"아주 작아? 그냥 작아?"

"몰라요, 할아버지. 그냥 작아요. 아주 작은 게 얼마나 작은 건지 모르겠지만, 확실한 건 절대로 크진 않다는 거예요."

톰은 점점 짜증이 났다. 이 대화를 시작하지 않는 게 나을 뻔했다.

"음, 로우보트만 하냐?"

"아뇨."

"통만 하냐?"

"아뇨, 그보다 작아요."

"무거워?"

"아뇨, 안 무거워요. 물에 뜰 만큼은 가벼워요."

"이거 스무고개 같다."

"그게 뭔데요?"

"스무고개 놀이 몰라? 해본 적 없어?"

"없어요."

"없음 말고. 그럼 바위에서 피 뽑기 놀이는 해봤냐?"

"헐! 그게 뭔데요?"

"지금 우리가 하고 있는 거, 인마. 너한테 정보를 얻어내기가 바위에서 피 뽑기보다 어렵다고."

"몰라서 묻는 것뿐이에요."

"알았다. 넌 묻는 재주는 있는데 대답하는 재주는 신통치 않구나. 대체 바다에 빠진 게 뭔데?"

톰은 여전히 말할 마음이 없었다. 아무에게도 말하고 싶지 않았다. 앞으로도 말할 계획이 없었다. 비밀은 비밀이고 약속은 약속이었다. 자신과 한 약속이라도. 톰은 딴 사람이 병에 담은 편지에 대해 아는 게 싫었다. 유리병 편지는 개인사였다. 공동 관심사가 아니었다. 남들은 알 필요 없었다.

"가볍고 작고 물에 둥둥 뜨는 거요."

"구명 튜브 같은 거?"

"그런 종류요."

스토비 씨가 눈을 가늘게 떴다. 그의 눈이 순간 날카롭게 빛났다. 그의 얼굴에 음흉한 깨달음의 표정이 지나갔다. 실상은 착각의 표정이었지만, 스토비는 자신의 통찰에 흡족한 나머지 잘못 짚었을 수 있다는 의심은 꿈에도 하지 않았다.

"대충 알겠다." 스토비 씨가 말했다. "무슨 일인지 알겠어."

톰은 낭패감을 느꼈다. 사람들은 항상 이랬다. 항상 톰의 속을 꿰뚫어봤다. 어떻게 그럴 수 있지? 속내를 숨기려고 안간힘 써도 영락없었다. 내가 그렇게 빤한가? 내 속이 그렇게 훤히 들여다보이나? 나는 비밀 따윈 갖기 힘든 인간인가?

"잃어버린 게 뭐냐? 뭘 잃어버렸길래 그래?"

"네?"

"바다에 물건을 빠뜨렸구먼. 그래놓고 밀물에 도로 밀려오길 기다리나 본데, 뭘 잃어버렸냐? 서핑보드 같은 거야? 발목에 보드 줄 묶는 걸 깜빡했거나 줄이 끊어진 모양이구나?"

"아뇨."

"엄마가 알면 혼날까 봐?"

"아뇨, 그게 아니라…."

스토비 씨가 기름때 묻은 옹이 투성이 손가락으로 자기 코를 탁탁 두드렸다.

"걱정 마라, 톰. 입 다물고 있을 테니. 비밀은 지키마."

"비밀 같은 건 없어요."

톰은 발끈했다. 비밀 있는 인간으로 찍히는 건 짜증나는 일이었다. 이제는 상대가 헛다리 짚은 비밀까지 떠안게 생겼다.

"음, 어디 보자—"

스토비 씨가 손가락으로 헝클어진 백발을 쓸어 넘겨 납작하게 눌렀다. 그래봤자 산들바람 한 번이면 원상 복귀였다. 스토비 씨는 바람이 세게 불 때는 왕관앵무새처럼 보였다.

"그렇다 이거지…" 스토비 씨가 멀리 포구 밖을 응시했다. "장담은 어렵지만 되돌아올 가망이 없진 않아. 하지만 몇 킬로미터 떠가다가 본류를 만났다면 영영 이별이야. 지금쯤 대서양을 건너고 있을 테니 살아생전에 다시 보기 어렵다고 봐야지. 하지만 멀리 못 갔을 수도 있어. 소용돌이랑 횡류(橫流)가 많아서 거기 잡히면 조수를 타고 도로 육지로 밀려오겠지."

"그때까지 얼마나 걸릴까요?"

"그것도 말하기 어려워. 하지만 1~2주 지났는데도 소식이 없다면 끝났다고 봐야지. 이미 떠내려왔는데도 못 봤거나 헤이븐으로 밀려들어간 게 아니라면."

톰의 귀가 번쩍했다.

"헤이븐요?"

"그래. 로즈 헤이븐. 킹 빌리 페리 선착장이 있고, 대형 상선들이—"

"알아요, 할아버지. 우리 가레스 외삼촌이 거기 페리 선장이잖아요."

스토비 씨의 얼굴에 생색이 은근히 섞인 조롱의 표정이 깔렸다.

"앞으로 갔다 뒤로 갔다 하는 장치도 배라고 할 수 있는지, 그걸 부리는 사람도 선장이라고 할 수 있는지는 잘 모르겠다. 그보다는 버스 노선이랑 운전사에 가깝지 않나? '모두 타세요.', '꼭 잡으세요.' 어쨌든 잃어버린 게 있으면 거기 가서 한번 찾아보든가."

"하지만 거긴 뭍으로 3킬로미터나 들어간 데잖아요. 어떻게 그리로 가겠어요?"

"못 갈 것도 없지. 그게 조수의 영향이야. 뭐든 거기로 쓸려와. 물건이 항상 망망대해로 나가는 건 아니란다. 도로 밀려오다가 작은 만에 들어가 박힐 때도 많지. 서핑보드를 잃어버렸거든 일단 거기 가서 찾아봐라. 거기가 일종의 제1기항지야. 거기에도 없고 2주 이상 지났으면 잊어버려. 그냥 새로 하나 사는 게 낫다, 톰. 아니면 남이 잃어버린 보드가 쓸려오길 노렸다가 그걸 갖든지. 줍는 사람이 임자니까."

스토비 씨의 말이 사실이었다. 해변이나 강어귀에는 이따금 주인 없는 서핑보드가 뒹굴었다.

"처음 발견하고 물에서 건지는 사람이 주인이야. 가져도 돼. 원칙이 그래. 합법이야." 스토비가 재차 말했다. "해난구조법에 나와 있어. 줍는 사람이 임자."

톰은 스토비 씨의 법 해석에 믿음이 가지 않았다. 2년 전 콩 통조림을 잔뜩 실은 화물 컨테이너가 해변으로 밀려왔을 때와는 말이 달랐다. 그때는 경찰이 통조림을 집어 가는 건 절도라고 했다. 해난구조법은 언급도 없었다. 물론 그렇다고 사람들이 통조림을 가져가지 않은 건 아니었다. 통조림의 소유권을 주장한 사람은 아무도 없었다. 그렇게 많은 콩을 가지고 있었다는 게 창피했는지 주인은 나타나지 않았다.

"톰, 내가 너라면 로즈 헤이븐에 가서 찾아보겠다."

"정말요?"

"그럼. 거기 없으면 바다가 가져갔다고 생각하는 게 속 편해. 지금쯤 미국으로 가고 있을 거다."

"미국요?"

톰은 홀연 가슴이 부풀었다. 그렇게만 된다면. 내 유리병 편지 중 하나가 뉴욕에 도착한다면? 나아가 캘리포니아까지 흘러간다면?

"아니면 아프리카." 스토비 씨가 덧붙였다.

"아프리카요? 정말요? 그러니까 여기서 던지면-"

"던져?"

"제 말은, 잃어버리면-"

"그래, 잃어버리면-"

"여기 바다에서 잃어버린 물건이- 해운항로로 빠져서 아프리카에도 갈 수 있다는 건가요?"

"그럼. 쉽게 가지."

톰은 머릿속이 복잡해졌다. 톰은 밀물에 밀려오는 병을 발견하고는 그물을 놓아두고 여울을 건너 해안을 따라 달려가는 아프리카 어부의 모습을 상상했다. 톰의 머릿속에서 어부가 병을 물에서 건져 마개를 열고 편지를 끄집어냈다. 그리고 편지를 읽었다.

발견자에게. 저는 톰이라고 해요. 델윅이라는 곳에 살아요. 델윅은 바닷가의 작은 어촌이에요.

그렇게만 된다면. 정말 그렇게만 된다면. 그럼 정말 끝내주는 건데. 그 어부가 병을 집으로 가져가서 가족에게 편지를 보여주겠지. 어부의 가족이 답장을 쓸 테고, 썼으면 보내고 싶어 할 거야. 당연히 그럴 거야. 답장을 쓰기만 하면 거의 다 된 거야. 마개만 다시 잘 막으면 돼. 다음 날 어부가 바닷가로 나와서 병을 바다에 던지면 썰물이 멀리 실어갈 테고, 얼마 안 가 왔던 길로 돌아올 거야.

톰에게. 편지는 이렇게 시작하겠지. **난 아프리카에 사는 어부 아저씨 마이클이라고 해. 네 편지를 발견해서 우리 애들한테 보여줬더니 너한테 답장을 쓰자고 하더구나….**

"스토비 할아버지-"

"아직 있었냐? 하도 조용하길래 벌써 간 줄 알았지."

"생각 중이었어요."

"오라, 요즘은 그걸 그렇게 부르니? 난 또 멍 때리고 있는 줄 알았지."

"할아버지, 그럼 얼마나 걸려요?"

"뭐가 얼마나 걸려?"

"아프리카에 가는 거요."

"어떤 교통수단을 이용하느냐에 달려 있겠지?"

"아뇨, 조수를 타고 가면요."

"두 달쯤? 왜? 거기서 누가 서핑보드를 주워서 부쳐주길 바라는 거냐? 거기다 이름이랑 주소를 써놨어? '발송자에게 회송 요망' 스티커라도 붙였어?"

톰은 자기가 바다에 던진 것이 서핑보드가 아니라 유리병이라는 걸 스토비 씨가 이미 눈치챈 건 아닐까 하고 생각했다. 할아버지도 병에 편지를 담아 띄운 적이 있을까? 그럴지도 몰라. 할아버지도 한때는 어렸을 테니까. 아주 오래전에. 어쩌면 몇 백 년 전에.

"아뇨. 그냥 생각해본 거예요."

톰은 좀 낭패스러웠다. 병이 어디론가 도착하는 데 두 달이나 걸리다니. 너무 긴 시간이었다.

"뭔가가 조류를 타고 아프리카에 도착했다가 다시 조류를 타고 돌아오는 데 얼마나 걸릴까요?"

"몇 달 더 걸리겠지. 행여 돌아온다면. 돌아와도 몇 달이 걸릴지 몇 년이 걸릴지 어떻게 알겠어? 주항(周航)하는 건데."

"네?"

"주항. 일주항해. 지구를 한 바퀴 도는 거. 주항이 뭔지 학교에서 안 가르쳐주디?"

"그날 학교에 빠졌나 봐요."

"그랬나 보다. 빠졌거나 졸았거나 창밖에 대고 멍 때렸거나."

"그러니까 현실적으로 말해서, 여기 바다에 떨어진 물건이 썰물에 대양으로 나가 대양 본류를 타고 세계를 한 바퀴 돌아 다시 이리로 돌아오는 데 꼬박 1년이 걸릴 수도 있다는 거네요?"

"행여 돌아온다면."

"기다리기엔 너무 기네요, 그죠?" 톰은 낙담했다. "그걸 어떻게 기다려요. 다음 생일에도, 내년에도 올까 말까잖아요."

톰은 바다를 바라봤다. 오늘은 바다가 회색으로 칙칙했다.

"그렇게 오래는 못 기다릴 것 같아요."

"얘야, 네가 알아야 할 게 있다. 나중에 커서 바다로 나갈 계획 이면 특히 중요해."

"우리 엄마는 싫어해요."

"싫어하겠지. 우리 엄마도 싫어했어. 하지만 네가 배워야 할 건 인내심이야. 바다에 이래라저래라 할 수는 없어. 우린 그냥 바다 에 따르는 거야. 거기 순응해야 해. 순응 알지? 순순히 받아들이 는 거. 너도 알게 될 거다. 바다에 관한 건 바다에 맡기는 게 상책 이라는 걸."

톰은 고개를 끄덕였다. 하지만 예의상 맞장구치는 것일 뿐, 정 말로 이해한 건 아니었다. 실제로는 고개를 끄덕이기보다 흔들고 싶었다. 할아버지의 말이 아무리 사실이더라도 나까지 꼭 거기에 동의해야 하나?

"이번 주말에 헤이븐에 가볼래요."

"그게 낫지. 밑져야 본전이니까. 또 알아, 서핑보드가 갈대에 걸 려 있을지? 거기 선원 중 하나가 집어 가지 않았다면."

"무슨 선원요?"

"거기에 대형 선박이 두 척 정박해 있지 않던?"

"그 사람들이 그럴 리 있어요?"

"그럴 리가 왜 없어? 우리 집 물건 중에 절반은 바다에서 건진 거야. 모르는 모양인데 남들이 잃어버리거나 내버린 걸로도 한 살림 꾸릴 수 있어."

"토요일에 가볼래요."

"흠, 난 이제 하던 일이나 계속 해야겠다."

"네. 감사합니다, 할아버지. 또 봬요."

"또 보자, 톰."

스토비 씨는 톰이 몸을 돌려 터벅터벅 멀어지는 모습을 지켜봤다. 속 모를 녀석이야. 뭔가 다른 속내가 있는 게 분명해.

톰은 니들 록으로 올라가서 회색빛 바다를 굽어봤다. 병도 편지도 없었다. 답은 오지 않았다.

어쨌거나 주말에 헤이븐에 가기로 했다. 가서 가레스 외삼촌도 보고, 병들 중 하나가 그리로 표류하지 않았는지 둘러보기로 했다. 답장이 진즉 도착했을 수도 있다. 병이 스토비 씨의 예상보다 빠르게 여행했을 수도 있다. 가끔은 바다도 긴박감이나 절박함을 감지하고 특별한 것들에 우선권을 줄 수 있다.

유리병 편지들이 어딘가 고래 뱃속에 있지는 않을까? 물고기 뱃속에 있다가 살아 나온 요나처럼. 성경에서는 물고기가 요나를 통째로 삼켰다가 결국 도로 뱉어냈다. 유리병 편지에 같은 일이 일어나지 말란 법 있나? 하지만 언제? 그게 문제였다. 언제? 도대체 언제까지 기다려야 하는데?

8
다섯 번째 편지는 마지막 경고

톰은 당장 오는 주말에 로즈 헤이븐에 갈 작정이었다. 하지만 맘먹은 대로 되지 못했다. 엄마가 개입했다.

"네가 주말에 가게 좀 봐야겠다." 엄마가 말했다. "엄마는 토요일과 일요일 내내 강의가 있어."

도예 강의. 엄마가 강의를 듣는 게 아니라 지역 아트센터에서 엄마가 강의를 하는 거였다. 강의는 온종일 이어졌다. 점심 식사와 오후 다과가 함께 제공되는 수업이었다. 강의료는 제법 많았다. 하지만 엄마는 공방 매상도 놓치지 않으려 했다. 주말에 가게가 가장 바빴다. 주말에는, 심지어 겨울에도 선물이나 기념품을 찾는 손님이 몇 명은 찾아들었다.

"누나가 하면 안 돼요?"

"누나는 첼로 하러 간대. 리허설이 있대. 오후 내내."

마리는 학교 오케스트라 단원이었다.

"하지만 난 외삼촌한테 갈 생각이란 말이에요. 일 도와주러."

"외삼촌한테는 다음 주말에 가. 외삼촌은 너 없어도 알아서 할 거야."

"그렇지만…."

말해봤자 소용없었다. 톰의 '그렇지만'은 전혀 도움이 되지 않았다. 엄마는 톰의 반론을 늘 쓸데없는 소리로 무시했다. 엄마도 엄마의 '그렇지만'이 있었다. 엄마의 패가 항상 톰의 패를 이겼다. 가위바위보를 하는데 엄마가 매번 이기는 것과 비슷했다.

"여섯 시까지는 올 거야." 엄마가 말했다. "늦어도 일곱 시엔 와. 공방은 다섯 시 반까지 열어둬. 손님이 없으면 더 일찍 닫아도 되고."

"알았어요."

톰은 유쾌하진 않았지만 아주 속상하지도 않았다. 사실 톰은 혼자서 가게 보는 걸 꽤 좋아했다. 돈을 받고, 물건을 포장하고, 이동하는 동안 상하지 않게 버블랩으로 싸고, 손님들 상대하는 일을 즐겼다. 손님들은 톰의 어린 나이와 능숙함에 감탄했다. 그게 톰에게도 느껴졌다. 이렇게 어린 학생이 가게를 혼자 맡아서 일을 척척 처리하다니. 톰은 신용카드 단말기도 다룰 줄 알았고, 쇼핑 봉투에 영수증과 함께 엄마의 명함을 챙겨 넣는 것도 잊지 않았다. **돌핀 도예공방, 델윅, 대표 앨리슨 팔러.** 명함에는 엄마의 전화번호와 웹사이트 주소도 있었다.

팔러는 엄마의 결혼 전 성씨였다. 엄마는 아빠의 성씨인 펠로우가 아니라 결혼 전 성씨를 고수했다. 적어도 직업적으로는 그랬다.

톰은 토요일에 종일 가게에 잡혀 있느라 병 추적을 완전히 공쳤다. 안타까운 일이었다. 하필 이날 바다에 병이 하나 떴기 때문이다. 병은 밀물을 타고 해안에 안착했다.

톰이 이날 해변에 나갔다면, 또는 쌍안경을 들고 니들 록에 올라갔다면 병을 가장 먼저 발견할 수도 있었다. 하지만 알다시피 톰은 사정상 그러지 못했다. 이날 자기가 무엇을 놓쳤는지 톰이 알게 되기까지는 오래 걸리지 않았다.

토요일은 날이 화창했다. 하지만 가게와 공방은 가마의 열기 때문에 날씨에 상관없이 늘 따뜻했다. 톰은 창문을 다 열고 계산대 뒤의 의자에 앉아 손님을 기다렸다. 시간을 때우기 위해 집에서 숙제를 들고 왔다. 가게를 닫기 전에 숙제를 마치면 저녁 시간은 TV 앞에서 보낼 수 있어. 엄마도 거기에 토를 달지 못할 거야. 숙제도 끝냈겠다, 온종일 가게에서 일했겠다.

톰은 여러모로 가게 일이 좋았다. 매상을 좀 올린 날은 특히 더 그랬다. 몇 개 팔았다고 하면 엄마의 눈이 반짝거렸다. 그러면 톰은 가정경제에 보탬이 된 것 같아 뿌듯했다. 실제로 돈을 벌어온 거니까. 마리 누나는 종종 톰을 가족의 부담이요, 지출 항목으로 취급했다. 대체 왜들 그러는 걸까? 단지 막내라는 이유로? 그렇다고 무슨 죄인 대하듯 덤터기를 씌우는 게 말이 돼? 모두 끄트머리에 달려 있는 자의 설움이었다.

언젠가 그 점을 놓고 누나와 제대로 한판 뜨려고 벼른 적이 있었다. 어느 날 톰은 누나가 거실에 혼자 있는 걸 봤다. 좋은 기회다 싶었다. 마리는 톰이 들어오는 것도 몰랐다. 다음 순간 톰은 누나가 가족 앨범을 뚫어져라 들여다보고 있다는 걸 깨달았다. 누나는 가족이 모두 있었을 때의 사진들을 보고 있었다. 엄마, 아빠, 마리, 톰이 함께 찍은 사진들. 누나는 울고 있었다. 톰은 몸을 돌려 몰래 거실을 나왔다. 그리고 아무 말도 하지 않았다.

누군가 못되게 굴 때, 때로는 그게 본심이 아닐 때도 있다. 상대가 정말로 미워서 그러는 게 아닐 때도 있다.

이날 공방에 손님이 꾸준히 들었다. 톰은 오후 2시까지 꽃병 3개, 머그잔 2개, 장식용 접시 1개, 북엔드(세워놓은 책들이 넘어지지 않도록 받쳐주는 물건:옮긴이)로 사용하는 도자기 고양이 1쌍을 팔았다.

3시 30분까지는 숙제도 마쳤다.

톰은 가게 뒤편으로 가봤다. 엄마가 그릇을 만들고 굽는 곳이었다. 실패작과 불량품도 거기 모아두었다. 가게 문에 종이 달려 있어서, 문이 보이지 않는 곳에 있을 때도 누가 들어오면 소리가 들렸다.

톰은 망친 도기들과 삐뚜름한 머그잔들을 뒤적뒤적 살폈다.

참 이상해. 톰은 생각했다. 엄마는 그릇 만드는 일에 도가 튼 사람인데도 이렇게 계속 실패작들이 나오다니. 물론 많이 나오는 건 아니었다. 그래도 꾸준히 나왔다. 실수가 전혀 없을 만큼 무언가를 귀신같이 잘하기란 불가능한 걸까? 불가능한 모양이었다.

짤랑짤랑!

가게 종이 울렸다. 톰은 칸막이 문 너머로 고개를 내밀었다.

"어서 오세요."

"구경 좀 해도 돼요?"

"그럼요. 곧 나갈게요."

개를 데리고 온 부부였다. 다행히 부부는 개를 가게 밖 '멍멍이는 여기에' 말뚝에 묶어두고 들어왔다. 깨지기 쉬운 도기로 가득한 가게에 한 덩치 하는 세인트버나드가 들어오는 건 반갑지 않았다.

톰은 계속 불량품을 검사했다. 하나가 톰의 눈에 들어왔다. 꽃병이었다. 가게에도 몇 개 있는 디자인이었다. 길고 우아하게 뻗어 올라간 병이었다. 튤립이나 장미 같은 꽃을 딱 한 송이만 분위기 있게 꽂아놓는 용도였다. 이건 모양이 삐딱했다. 바로 서지를 못하고 비스듬히 기울었다. 바닥에는 기포도 있었다.

톰은 불량품 꽃병을 집어 들었다. 봉투로 바다에 던지기에 딱이었다. 톰은 결심했다. 이걸 가져다 써야지. 엄마에겐 필요도 없고 없어진 줄도 모를 물건이었다. 어차피 불량품이었다.

"잘 봤어요!" 구경하던 손님이 가게를 나가며 안에 대고 외쳤다.

부부 손님은 아무것도 사지 않았다. 하지만 언제 다시 와서 매출을 올려줄지 모르는 일이었다.

"안녕히 가세요!"

톰은 문 너머로 머리를 내밀고 외쳤다. 가게를 나가는 부부의 모습이 보였다.

됐어.

톰은 책상에 앉았다. 창밖을 보며 영감을 찾았다. 하지만 생각을 잡기 어려웠다. 영감을 찾을 때 사람들은 왜 항상 창밖을 볼까? 신발을 내려다볼 수도 있는데.

톰은 펜으로 책상을 탁탁 치다가 연습장을 펼쳤다.

안녕하십니까?

아냐.

톰은 다른 페이지에 새로 시작했다.

안녕하세요?

좀 나았다. 하지만 흡족하지는 않았다.

이 병이 맘에 들어서 또 하나 주문하고 싶다면, 또는 그저 안부를 전하고 싶다면, 명함에 있는 이메일 주소로 편지를 보내주세요.

톰은 엄마의 돌핀 도예공방 명함을 한 장 접어서 병에 밀어 넣었다.

귀하가 이 병을 발견할 가능성보다 돼지가 하늘을 나는 것을 볼 가능성이 높다는 것을 알려드립니다. 이 병을 발견했다면 그건 귀하가 드물게 운 좋은 사람이란 뜻이니 복권이라도 하나 사세요. 복권도 당첨될지 모르잖아요.

가능한 한 서둘러 답장을 보내주세요. 이 병을 마지막으로 더는 유리병 편지를 바다에 던지지 않을 생각입니다. 벌써 몇 병 던졌는데 답장 한 통 없어요. 그러니까 이 편지가 저의 마지막 편지입니다. 이번 병에는

행운이 따르기를 빌어요. 우리 엄마가 만든 병이거든요. 이번 병은 인간의 손길로 빚은 병입니다.

톰 드림.

톰은 편지를 기다란 성냥처럼 돌돌 말아서 명함 옆으로 병에 밀어 넣었다. 그리고 공방을 뒤져서 마개로 쓸 만한 것을 찾아냈다. 창고에서 발견한 고무 플러그였다. 어디서 떨어져 나온 건지 몰라도 병마개로 딱이었다.

5시 15분이었다. 30분 전부터 손님은 없었다. 가게 문을 일찍 닫아도 무방할 듯했다. 톰은 가게 문을 잠그고 병을 챙겨 들고 포구로 내려갔다. 부두 너머에 배 손질을 하는 스토비 씨가 보였다. 스토비 씨는 톰을 보지 못했다. 톰도 일부러 스토비 씨의 주의를 끌 마음이 없었다.

바다는 아직 썰물 때였다. 톰은 서둘러 해안 산책로를 올라가 니들 록으로 갔다.

톰은 마개가 꽃병을 단단히 막았는지 재차 확인했다. 그리고 몇 번 팔을 휘둘러 준비운동을 한 다음, 바다를 향해 있는 힘껏 병을 던졌다.

병이 바다에 풍덩 빠지는 것은 보였지만 소리는 들리지 않았다. 바닷물이 험한 바위에 부서지는 소리에 묻혀 다른 소리는 모두 죽었다.

썰물이 병을 잡아 멀리 쓸어갔다. 병은 지능과 감각을 가진 생

84

물체처럼 바위를 요령껏 피하고 작은 소용돌이들을 요리조리 우회했다. 바위에 부딪히면 단박에 산산조각 날 테고, 소용돌이에 한 번 휘말리면 솟아날 구멍이 없었다.

병은 몇 분 만에 길을 잡고 먼바다로 흘러나갔다. 톰은 병이 사라질 때까지 지켜보다가 손목시계를 봤다. 엄마가 돌아오기 전에 집에 가야 했다.

"이게 마지막이야. 이번에도 아무 답장이 없으면," 톰은 바다를 향해 소리 질렀다. "다시는 너한테 편지 안 써. 알아들었어? 이게 너한테 주는 마지막 기회야. 진짜 마지막 기회야. 이번에도 아니면 너랑은 끝장이야. 날 잡아갈 생각도 넣어둬. 너, 나한테 사과해야 해. 사과해도 모자라. 네가 저지른 짓들을 생각해봐. 네가 세상에 끼친 고통을 생각해봐."

톰은 저항의 의미로 주먹을 치켜들었다. 주먹을 흔들지는 않았다. 이번에는 심각하게 하는 말이라는 걸 바다가 알아먹으라는 의미에서 치켜들기만 했다.

하지만 바다는 그저 요동치기만 했다. 목적도 없고 형체도 없이, 인간사에 대해서는 영원히 무관심한 모습으로, 출렁이기만 했다. 목숨 있는 것들의 이해득실과 인간의 감정을 이해하는 마음이 바다에는 없었다. 바다는 누구의 양해나 용서도 구하지 않았다. 바다는 그냥 있었다. 누가 바다에 나오고 누가 뭍에 남든, 누가 살아남고 누가 가라앉든, 누가 살고 누가 죽든 상관하지 않았다. 바다에겐 아무것도 중요하지 않았다. 바다는 그냥 있었다.

"내가 경고했어!" 톰은 악을 썼다. "이게 마지막이야!"

톰은 집으로 향했다. 머리 위 절벽에서 갈매기 떼가 시끄럽게 울었다. 갈매기들도 톰에게 관심이 없었다. 세상의 살아 있는 모든 것들은 전적으로 자신에게만 골몰해 있었다.

9
엉뚱한 발견자

그동안 톰이 바라고 바라던 것을 다른 사람이 발견했다. 톰이 찾던 것. 조수에 밀려온 병. 발견자는 같은 학교에 다니는 다른 아이였다.

톰은 그 소식을 접하고 속이 아렸다. 이건 불공평의 극치였다. 하물며 R.D.는 병을 찾아다닌 적도 없는 애였다. R. D.는 남들이 흘린 동전이나 요상한 크기의 조약돌을 찾아서 톨제스 해변을 쑤시고 다녔을 뿐이다.

그런 녀석이 만조에 밀려와 젖은 모래 위에 뒹구는 병을 발견한 것이다. 바닷물이 도로 빠지면서 비닐봉지와 나무토막들과 함께 병도 해변에 버리고 갔다.

녀석의 이름은 리처드 데이븐포드이지만 다들 R.D.라고 불렀다. 녀석의 진짜 이름을 모르는 아이들도 있을 정도였다. R.D.는 좀 괴짜이긴 해도 심성이 나쁜 녀석은 아니었다. 톰에게도 지금까지는 녀석을 미워할 이유가 없었다. 하지만 지금은 적개심이 일었다.

R.D.는 톰과 같은 반이었다. 또는 관점에 따라 톰이 R.D.와 같은 반이었다. R.D.는 교실 뒤편 멍 때리기 좋은 창가 자리에 앉았고, 자리의 이점을 제대로 활용했다.

톰이 가게를 봤던 주말이 가고 월요일이 되었다. 4교시가 끝나갈 무렵, 선생님이 '다른 안건'이라는 새로운 10분짜리 프로그램을 소개했다. 이름만 거창할 뿐, 결국은 유치원 때부터 했던 '보여주고 말하기'의 일종이었다. '집에서 장난감이나 물건을 가져와 설명하세요.'라고 하기엔 우리가 나이를 너무 먹었으니, 선생님이 괜히 지적이고 세련된 이름을 붙인 것에 불과했다.

누구든 '다른 안건'을 내놓을 수 있었다. 손만 들면 됐다. 물건을 들고 와서 보여줄 필요도 없었다. 불편사항이나 건의사항도 좋고, 의견이나 주장도 좋고, 부당함의 폭로도 좋았다. 일어나서 노래를 부른 사람도 있다고 했다. 모두의 즐거움을 위해서. 몇 명은 귀를 막았지만.

'다른 안건'이 시작되자마자 R.D.가 지체 없이 손을 들었다. 선생님이 R.D.한테 자리에서 일어나 다른 안건을 밝혀보라고 말했다.

R.D.가 배낭에서 뭔가를 꺼내 치켜들었다.

"이걸 발견했어요." R.D.가 말했다. "일요일에 해변에서요."

"그게 뭔데?" 어떤 바보가 외쳤다.

그 물건이 뭔지는 한눈에 봐도 빤했다.

"병입니다." R.D.가 말했다.

"장난해?" 바보가 말했다. "집어치워!"

문제는 R.D.가 딱히 이해가 느린 편은 아니지만 그렇다고 빠른 편도 아니라는 데 있었다. 녀석은… 뭐랄까… 좀 독특했다. 모자라다는 말은 결코 아니었다. 모자라다기보다 너무 잘 믿었다. 녀석은 TV에서 공상과학물을 너무 많이 본 부작용 때문인지 음모론을 맹신했다.

"이 병은," R.D.가 근엄하게 입을 열었다. "예사 병이 아닙니다."

"그럼 특별한 병이야?" 아까의 바보가, 즉 메이 클라크가 물었다.

"메이, 조용히 하자." 선생님이 말했다.

"말 그대로 특별한 병입니다." R.D.가 못 박았다. "궁금하시죠? 이게 왜-"

"다이아몬드로 만들었어?" 메이가 물었다.

"메이, 경고한다." 선생님이 말했다.

"이 병은 특별합니다." R.D.가 말했다. "이 안에 메시지가 있기 때문이죠. 우리 모두에게 보내는 메시지."

"우와!" 메이가 외쳤다. "감동적인데!"

하지만 감동받은 말투는 아니었다.

톰만 R.D.의 발견 소식에 몸을 바싹 세웠다. 순간 짜증과 화가 치밀었다. 답장을 기다린 건 나인데, 어째서 병을 발견한 건 R.D.지? 바다에 메시지를 죽어라 날린 건 나인데. 마침내 답이 왔는데 그 답이 엉뚱한 주소로 떨어졌다. 당치 않게 R.D.의 손아귀에 떨어졌다. 무슨 내용인지 몰라도 저건 단연코 톰에게 보내는 메시지였다. R.D.가 실수로 톰의 우편물을 건졌다.

"제가 발견한 메시지는… 이 중요한 메시지는….'

"빨리 말해, R.D."

"그래, 빨리 말해."

"그래, 질질 끌어라, 끌어."

반 아이들은 흥미를 잃어갔다. 개별적으로 따지면 집중력이 긴 아이들도 많지만, 집단의 집중력은 짧다.

"그래, 좀 서두르는 게 낫겠다, 리처드. 이제 곧 점심시간이야."

선생님이 말했다.

종이 울리는 순간 교실이 텅 비는 건 자명한 일이었다. 일단 교내식당이 열리면 병에 든 편지에 무슨 말이 쓰여 있든, 아이들을 잡아놓을 방도는 없었다.

"이게 바로 그 메시지입니다." R.D.가 말했다. "제가 발견한 그대로죠."

녀석은 통통한 손가락 중에 가장 가느다란 손가락을 병에 쑤셔 넣어서 돌돌 말린 편지를 끄집어냈다.

"내용을 읽어드리죠. 아주 중요한 얘기니까요. 온 세계에 전해야 할 메시지입니다. 다른 행성에서 우리 지구인 모두에게 보내는 메시지입니다."

R.D.의 목소리에는 일말의 농담조도, 표정에는 일말의 장난기도 없었다. 녀석은 자기 입에서 나오는 말을 정말로 믿고 있었다. 녀석이 첫 단어를 읽기도 전에 톰은 내용을 간파했다. 그럼 그렇지. 녀석이 발견한 건 톰이 쓴 편지였다.

"발견자에게," R.D.가 소리 내어 읽었다. 읽나 싶더니 반 아이들을 향해 추가 설명을 붙였다. "저를 말하는 거죠. 제가 병을 발견했으니까."

"야, R.D.! 빨리 좀 해, 졸음 온다고!"

"내용을 들으면 졸리지 않을걸?" R.D.가 대꾸했다. "편지는 이렇게 이어집니다. 나는 다른 행성에서 왔습니다. 당신들 지구인과 소통하고 싶습니다. 나는 싸우려고 온 게 아닙니다. 나는 충분한 식량과 거대한 평면 TV를 갖춘 우주선에서 대기 중이며, 아득히 높은 우주공간에서 지구의 대양으로 이 병을 투하했습니다."

"뭐래? 야, R.D. 작작 좀 하자."

"그거 네가 쓴 거지?"

"내가 쓴 거 아냐." R.D.가 분연히 외쳤다. "말했다시피 해변에서 발견한 거야. 우리의 잘못을 일깨우고 경고하려고 외계의 선진 지적 생명체가 지구 행성에 보낸 메시지야."

교실 뒤편에서 종이 뭉치 하나가 공기를 가르고 날아와 R.D.의 머리통에 명중했다. 녀석은 아랑곳하지 않았다. 종이 뭉치는 머리통에 맞고 도로 튕겨 나갔다.

"누가 이런 걸 던져? 그러면 못써."

레버튼 선생님이 종이 뭉치를 집어서 쓰레기통에 버렸다.

"이제 좀 서두르자, R.D. 시간 없어."

선생님이 손목시계를 보며 재촉했다.

"중요한 문제예요, 선생님." R.D.가 말했다.

"그래, 그러니까 빨리 하자고."

R.D.는 입술을 침으로 축이고 다시 읽기 시작했다.

"…이 병은," 모두가 보도록 녀석이 병을 높이 들어 올렸다. "지구에는 없는 특수강화유리로 만들어져 있어서, 지구 대기권을 통과할 때 발생하는 엄청난 열에도 녹거나 파괴되지 않습니다. 바다에 입수할 때의 충격에 깨지지 않은 것도 바로 특수소재 덕분입니다. 물에 떨어져도 이렇게 높은 곳에서 떨어지면 콘크리트에 부딪히는 것과 맞먹는 충격을 받거든요."

"웃기지 마. 그냥 콜라병이잖아."

"분명히 말하는데, 이건 외계우호연맹 소속 자르크가 보낸 거야." R.D.가 분한 소리로 말했다. "바로 너 같은 인간들 들으라고 말이야. 메시지는 이렇게 이어집니다. 마음 같아서는 직접 만나 얘기하고 싶지만, 내 생김새가 워낙 무시무시해서 나를 봤다 하면 지구인은 바지에 오줌을 지릴 게 확실하므로 이렇게 편지를 띄웁니다."

"내가 바지에 처음 오줌을 지린 때가 언젠지 알아, R.D.? 널 처음 봤을 때야."

"그만해." 레버튼 선생님이 말했다. "다들 그만해."

선생님은 자제력을 잃어가는 안색이 역력했다. R.D.와 유리병 편지는 처음부터 불행한 조합이었다. 선생님이 '다른 안건'의 시행을 보류하고 당분간 덮어둘 가능성이 컸다. 시작부터 맛이 가고 있었다.

"메시지는 이어집니다. 아주, 아주 중요해요."

R.D.는 밀고 나갔다. 아무도 녀석을 막을 수 없었다. 녀석은 목소리를 높이고 강조를 위해 손으로 책상을 탁탁 쳤다.

"…하지만 지구인과 교신할 필요는 있었습니다. 지구인에게 주변 정리가 필요하다는 경고를 해주기 위해서요. 지구온난화와 해변 쓰레기 문제가 시급합니다. 또한 초지능을 갖춘 외계인으로서 이런 지적을 하지 않을 수 없군요. 지구의 학교는 아이들에게 너무 많은 숙제를 부과하고, 결과적으로 아이들의 뇌를 혹사시켜 어린이 신경쇠약을 유발하고 있습니다…."

폭소가 터졌다. 다행히 모두 웃었다. 특히 레버튼 선생님이 크게 웃었다. 동시에 4교시의 끝을 알리는 종이 울렸다.

"좋아. 다들 조용히 질서 있게 식당으로 이동하도록. 잘했다, 리처드. 시간이 모자라서 유감이구나. 하지만 재미있는 발언이었어."

"하지만 선생님, 이건 외계인이 인류에게 보내는 경고예요. 중요한 문제예요, 선생님-"

"그러게 말이야. 잘했어, 리처드. 너도 얼른 가서 점심 먹으렴. 병도 가져오고 발언도 하고 기특하다. 오후에 수학 시험 있는 거 알죠, 여러분? 시간 맞춰 들어오도록. 알았죠?"

"하지만 선생님- 병예요, 선생님, 메시지가…."

부질없었다. 아이들 절반은 이미 사라졌고, 나머지 절반도 교실을 나가는 중이었다.

R.D. 녀석이 발견한 것이 고작 내가 던진 병 중 하나였다니. 톰은 이제는 속이 쓰리지 않았다. 다만 조금 걱정되기는 했다. 병은 결국 아무 데도 못 간 셈이었다. 병은 바다로 쓸려나갔다가 다시 쓸려왔다. 거기다 출발 지점과 거의 같은 장소로 돌아왔다. 톨제스 해변은 톰이 병을 던진 곳에서 고작 1킬로미터 떨어진 곳이었다.

톰이 급속히 진정된 것과 동시에 R.D.는 눈에 띄게 풀이 죽었다. 레버튼 선생님이 동정 어린 눈으로 R.D.를 응시했다. 선생님의 동정에는 약간의 짜증이 섞여 있었다.

"리처드," 선생님이 말했다. "선생님 생각엔 누가 장난한 것 같아. 그러니까 너도 얼른 점심 먹으러 가라."

R.D.는 선생님을 보다가 편지를 보다가 병을 보다가 다시 편지를 봤다. 이걸 간직해야 하나, 찢어버려야 하나?

결론은 간직이었다. R.D.는 편지를 말아서 병 속에 찔러 넣었다. 그리고 소중한 병을 다시 배낭에 담았다. 녀석은 생각했다. 언젠가 세월이 흘러 편지에 담긴 예언이 실현되는 날이 오면, 그때가 되면 비로소 사람들이 이 편지가 진짜 외계인이 보낸 메시지였으며, 이 병 또한 외계의 물건이라는 걸 알게 되겠지. 비록 흔해빠진 콜라병처럼 생겼지만, 감쪽같지만, 이건 고도의 위장일 뿐이야. 유리를 분석해보면 지구엔 존재하지 않는 소재로 드러날 거야. R.D.는 확신했다.

R.D.는 식당으로 향했다. 다들 그의 '다른 안건'과 병에 든 메시지에 대해서는 이미 까맣게 잊은 듯했다. R.D.는 급식 줄에 섰다.

R.D.는 톰 펠로우가 자기를 쳐다보는 걸 봤다. 톰은 관심을 가졌나 보다. R.D.는 생각했다. 점심을 받아서 자기가 있는 테이블로 오라는 뜻인가? 외계인 얘기를 하면서 같이 먹자는 건가? 메시지와 특수소재 병과 외계우호연맹의 자르크 얘기를 하면서?

하지만 눈이 마주치자 톰은 즉시 시선을 돌리더니 다른 아이와 급히 대화를 시작했다.

10
답장은 어디에

다음 주말에 드디어 톰에게 자유시간이 왔다. 이번에는 마리가 가게를 볼 차례였다. 톰이 집에 머물러 있을 이유가 없었다. 톰은 엄마한테 가레스 외삼촌을 도우러 강어귀에 간다고 말했다. 하지만 물론 진짜 목적은 병을 찾는 거였다.

톰은 조바심이 났다. 스토비 씨의 계산이 맞다면, 톰이 던진 병들이 조수에 밀려 다시 육지로, 특히 로즈 헤이븐으로 쓸려올 가망이 컸다. 실제로 병들 중 하나가 톨제스 해변으로 돌아왔고, 그걸 R.D.가 발견하지 않았던가. 스토비 씨의 말에 상당히 힘이 실렸다.

그 말은 만약 누가 답장을 보냈다면 그 답장도 로즈 헤이븐으로 쓸려올 가능성이 농후하다는 뜻이었다.

톰은 헛간에서 자전거를 꺼내 타고 페리를 향해 도로를 달렸다. 도착했을 때 페리는 강 건너편에서 자동차와 승객을 태우고 있었다. 참 이상한 일이지. 톰은 생각했다. 이편으로 오려고 줄지어 기다리는 사람이 아무리 많아도 반대편으로 가려는 사람 또한 항상 많았다. 사람들은 자기가 있는 곳에 결코 만족하지 않는다. 언제나 다른 곳에 있기를 갈망한다.

페리가 강을 건너오기를 기다리는 동안 톰의 주위에 자동차들과 도보여행자들이 모였다. 페리는 결코 빠른 운송수단이 아니었다. 걷는 속도보다 빠를까 말까 한 속도로 통통대며 강 이쪽저쪽을 오갔다. 가레스가 부두로 천천히 접근했다. 그는 기다리고 있는 조카를 발견하고 그저 고개만 끄덕였다. 가레스는 애정 표현에 강한 남자는 아니었다. 하지만 웃지 않는다고 해서 조카를 보는 게 반갑지 않은 건 아니었다.

"왔니?"

"일손이 필요할 것 같아서 와봤어요."

"우리야 괜찮다만, 왔으니 타라. 대단한 뱃놀이는 아니지만."

"요금 받는 거 거들까요?"

"그래, 그럼. 하지만 차가 다 들어올 때까지는 비켜 있어야 한다."

필요 없는 잔소리였다. 톰은 무엇을 할지, 어디에 서 있을지, 어떻게 해야 방해가 되지 않는지 훤히 알고 있었다.

자동차들이 페리에 오르고, 이어서 도보여행자들이 탔다. 자전거로 온 사람도 두 명 있었다. 자전거마다 짐바구니가 매달려 있었다.

윈치의 쇠사슬이 덜컥대는 소리와 함께 승선용 경사로가 올라갔다. 사이렌이 울려 퍼지고 페리는 다시 퉁퉁거리며 멀어졌다. 여지없이 정해진 여로를 따라서. 왔다갔다. 이쪽저쪽. 영원히 언제까지나, 아멘. 페리는 엔진이 멈출 때까지, 또는 선체가 닳아 없어질 때까지, 또는 선장이 결국 정신이상을 일으켜 물에 뛰어들 때까지, 수백 미터 너비의 강을 수없이 가로지를 운명이었다.

하지만 가레스는 이렇게 지루하고 반복적인 일에 굴함 없이 여느 때처럼 무사태평한 모습이었다.

"일은 일이야." 가레스는 입버릇처럼 말했다. 다른 일도 재미없기는 마찬가지라는 투였다. "적어도 이 일은 꾸준하잖아." 그의 결론이었다.

너무 꾸준해서 탈이죠. 톰은 속으로 말했다.

톰은 자전거를 관계자 외 출입금지 선실에 넣고 요금을 걷으러 갔다. 톰은 마이크에게 인사를 던졌다. 페리의 유일한 정규 선원인 마이크의 임무는 페리를 타고 내리는 운전자들에게 방향 지시를 하고 요금을 냈는지 확인하는 것이었다.

톰은 요금 가방을 둘러메고 승차표 다발을 들었다. 승차표는 색색이었다. 보행자는 초록색, 승용차는 파란색, 밴은 자주색, 트럭과 버스는 밤색, 오토바이는 노란색, 자전거는 흰색. 편도와 왕복도 표가 달랐다.

페리가 강 한가운데에 이르자 톰은 상류 쪽을 봤다. 두 척의 대형 화물선이 눈에 들어왔다. 아직도 로즈 헤이븐에 정박 중이었다. 가까이에서 보는 화물선은 그야말로 거대했다. 사방 몇 킬로미터 내에 이 배들만큼 큰 것은 없었다. 호텔도, 맨션도, 스포츠센터도, 심지어 병원도 어림없었다. 시청과 교회도 옆에 있으면 난쟁이 마을의 시청과 교회처럼 보일 정도였다. 소도시의 영화관이 화물칸 중 하나에 통째로 들어가고도 자리가 남아돌았다.

"저 배들은 언제 나가요?" 톰이 물었다. "저기 꽤 오래 있네요."

가레스가 어깨를 으쓱했다.

"나갈 일이 생겨야 나가지. 화물 운송 수요가 뜨고 경기가 좋아지면. 반쯤 빈 배로 돌아다니느니 여기 박혀 있는 게 싸게 먹히거든. 반쯤 빈 채로 이 바다 저 바다 돌아다녀봤자 기름 먹는 괴물밖에 더 돼?"

페리가 선박들 앞을 지나는 내내 톰은 눈을 떼지 않았다. 선박중 하나에서 아찔한 장면이 연출되고 있었다. 상갑판 윈치에서 이동식 작업대가 내려와 있고, 남자 둘이 작업대를 타고 선체를 손보고 있었다. 작업대는 배 꼭대기와 홀수선(수면과 선체가 만나는곳:옮긴이)의 중간 지점까지 내려와 있었다. 자칫 작업대의 로프가 끊어지는 날에는 까마득한 아래로 추락이었다.

"저 사람들 뭐 해요?" 톰이 물었다.

"유지·보수." 가레스가 말했다. "배란 게 끝없이 사람 손을 타거든."

"스토비 할아버지도 같은 말을 하시던데."

작업대 위의 두 남자가 사포로 선체를 문지르는 게 보였다. 붉은색 가루가 바람에 날렸다. 녹 조각들과 낡은 페인트였다.

"힘들겠다. 저렇게 큰 배를 다 칠하려면 얼마나 걸릴까요?"

"아마 몇 달? 어쩌면 몇 년? 어떻게 저런 일을 하나 몰라. 나 같으면 지겨워서 못 해."

톰은 외삼촌을 쳐다봤다. 하지만 입은 다물었다.

저 두 선원도 꾸준한 일감과 열심히 일하는 것에 행복을 느낄까? 끝없이 문지르고 칠하는 것이 즐거울까? 톰으로서는 납득 불가였지만, 뭐, 즐겁지 말란 법도 없었다. 가레스 외삼촌만 해도 자신의 일을 은근히 좋아하는 눈치였다. 적어도 싫어하는 것 같지는 않았다.

나라면 못 해. 톰은 생각했다. 절대로. 저런 배를 어느 세월에 다 칠해? 저렇게 어마어마한 배를?

톰은 그런 일과는 다른, 좀 더 흥미로운 미래를 꿈꿨다. 델웍의 저인망어선 중 하나에 취직해서 정식 선원이 되는 거였다. 그런 게 인생이지. 거친 인생. 거칠지만 결코 따분하지 않은 인생. 물론 엄마는 펄쩍 뛸 일이었다. 엄마는 톰이 육지에 발붙이고 살기를 원했다. 엄마는 톰의 신발 바닥에 풀칠을 해서라도 아들을 마른 땅에 붙여놓으려고 했다. 이것이 톰이 가끔씩 탈출 충동을 느끼는 이유였다. 엄마의 걱정으로부터, 짜증나게 합리적인 누나의 잔소리로부터. 그래서 가끔씩 외삼촌의 페리라도 타러, 스토비 씨가 고기잡이 그물과 게잡이 통발로 공상의 실을 잣는 소리라도 들으러 갔다. 스토비 씨의 이야기에는 바다가 있었다. 그의 이야기는 갯바위 웅덩이로 가득했고, 비릿한 짠 내를 풍겼다.

톰은 작업대 위의 두 선원을 계속 지켜봤다. 신기했다. 자세히 보이지는 않았지만 두 남자는 체격이 확연히 달랐다. 거대한 선체 때문에 남자들이 벽에 붙은 개미들처럼 보였다.

한 남자는 왜소하고 말랐지만 강단 있는 체격에 피부가 갈색이었다. 아주 먼 나라, 말레이시아나 인도네시아에서 온 사람 같았다. 아니면 베트남이나 캄보디아.

다른 남자는 키가 훨씬 컸다. 서유럽이나 북미 사람 같았다. 하지만 피부가 몹시 탔고, 머리는 엉망으로 자라다가 가닥가닥 꼬이고 있었다. 멀어서 정확한 생김새는 알 수 없었다. 사실 국적도 가늠하기 어려웠다. 거기다 얼굴은 짙은 털로 잔뜩 덮여 있어서 보이는 거라곤 눈썹과 수염뿐이었다.

페리가 반대편 강둑에 가까워지면서 두 척의 대형 화물선은 강의 물굽이에 가려 시야를 벗어났다. 시야에서 사라졌을 뿐 여전히 버티고 있었다. 더는 보이지 않을 뿐이었다. 어릴 때 하던 놀이 같았다. 손바닥으로 얼굴을 가리면서 '엄마 있다, 엄마 없다' 하는 놀이.

이쪽에서 저쪽으로. 다시 이쪽으로. 페리는 쉬지 않고 움직였다. 쉬는 것도 먹는 것도 페리에서 했다. 11시에 뜨거운 코코아, 1시에 점심. 톰은 반짝이는 유리가 있는지 매번 강물을 눈으로 훑었다. 조만간 병이 하나쯤 보일 만도 했다. 아니, 그래야 했다. 모든 것은 기다리는 사람에게 오기 마련이다. 그래서 톰은 기다렸다. 기다릴 만큼 기다렸다. 이제는 뭐라도 올 때가 됐다. 대체 운명은 무슨 일을 어떻게 하는 거야? 유리병 편지를 제대로 이해하지도, 인정하지도 않는 사람들에게 보내기나 하고. R.D.처럼 외계인이나 추종하는 얼빠진 녀석에게.

"뭐 찾는 거 있니, 톰?" 가레스가 물었다. "뭐 잃어버렸어?"

"아뇨, 아뇨." 톰이 말했다. "그냥- 보는 거예요."

"낚싯대 줄까?"

"낚싯대, 좋아요. 주세요."

"대신 방해되지 않게 조심해라. 낚싯바늘로 승객들 옷 찢지 말고."

낚싯대 두 개와 낚싯줄이 페리에 항상 구비되어 있었다. 가레스는 강을 건너는 동안 미끼를 무는 고기가 있을까 하고 가끔씩 뱃전 너머로 낚싯줄을 드리웠다. 대개는 꽝이었지만 정말로 고기가 잡히기도 했다. 항상 진짜 미끼를 쓰는 것은 아니었다. 어떤 때는 낚싯줄 끝에 금속 인조 미끼를 달아서 던졌다. 가짜 미끼가 은색으로 반짝이며 물속을 달리면 그걸 작은 청어로 알고 따라붙는 큰 물고기들이 있었다. 큰 물고기가 헤엄쳐 올라오고, 입을 벌리고, 미끼를 물면-

"야, 톰! 물었다!"

톰은 낚싯줄을 감아올렸다. 갑판에 떨어진 물고기가 입에 낚싯바늘의 미늘이 박힌 채로 몸부림쳤다. 크기가 작았다. 톰은 마음이 놓였다.

"너무 작다, 톰. 도로 놔줘."

톰은 물고기를 낚는 건 좋아도 잡는 건 별로였다. 물고기가 헐떡이며 죽어가는 걸 보고 싶지 않았다. 그것도 일종의 익사였다. 물과 공기가 뒤바뀐 익사였다. 물 밖에 나온 물고기가 버둥대며 숨을 갈구했다.

톰은 물고기를 한 손으로 잡고, 다른 손으로 물고기 입에서 조심스레 갈고리를 빼냈다. 그리고 물고기를 강물로 던졌다. 물고기는 잽싸게 헤엄쳐 달아났다. 좀 더 오래 살고 좀 더 크게 자라기 위해서. 어쩌면 다시 잡히기 위해서. 물고기 운명도 모르는 일이었다.

톰이 병을 본 것은 바로 그때였다. 낚싯줄을 던지려는 찰나였다. 병 하나가 까딱이며 떠 있었다. 페리와 멀지 않은 곳이었다. 병이 점점 다가왔다. 마침내 찾았다! 병이었다. 확실히 병이었다. 마개로 막은 병. 거기다 안에 뭔가 들어 있었다. 편지였다. 드디어 답장이 왔다.

"외삼촌-"

"톰, 꽉 잡아. 곧 도킹 한다."

가레스는 페리를 수천수만 번 도킹했지만, 매번 집중했다.

배가 부두에 들어가자 마이크가 로프를 단단히 묶었다. 경사로가 내려지고 자동차들이 줄줄이 하선했다.

"외삼촌-"

"왜 그래? 집에 갈래?"

"아뇨. 어망 있어요?"

"어망?"

"있잖아요- 뜰채. 장대에 달린 거. 긴 거."

"뭐? 송사리 잡는 거? 선실 낚시도구 있는 곳에 하나 있을걸.
왜?"

"물에 뭐가 있어요."

"뭐가?"

"나한테 온 것 같아요."

"톰, 무슨 헛소리야?"

"병이 떠 있어요."

"무슨 병?"

"그냥 병요- 특별한 병요. 저걸 건져야 돼요."

"병은 건져서 뭐 하게?"

"중요해 보여요."

"중요해 보이는 병? 중요해 보이는 병은 대체 어떻게 생긴 병인
데?"

"봐요, 저기 있어요, 저기."

톰이 가리켰다. 병은 강 한복판으로 표류 중이었다. 몇 분 후면
손이 닿지 않는 곳으로 흘러가게 생겼다.

"지금 출발하면 안 돼요? 가서 건지면 안 돼요?"

"멍청한 소리 작작 해, 톰. 승객을 실어야 떠나지."

톰은 갑판 난간으로 갔다. 마이크와 가레스가 자동차를 줄줄이
승선시키고 있었다. 병은 톰이 보는 앞에서 계속 흘러가고 있었
다. 톰은 가슴이 무너졌다. 강으로 뛰어들어 헤엄쳐서 건져올까도

생각했다. 하지만 그건 멍청한 짓이었다. 여기 강물은 깊고 굉장히 차가웠다. 여기 뛰어드는 건 자살 행위였다. 죽지 않더라도 사람들이 톰을 물에서 구해냈을 때 외삼촌의 분노를 어떻게 감당할 것인가.

빨리, 빨리! 제발 좀! 톰은 속이 터질 것 같았다.

다들 왜 이렇게 느려터진 거야? 왜 이리 오래 걸려? 모두가 작정하고 슬로모션으로 움직이기 시작했다. 사람들은 꿈길을 걷는 것처럼, 꿀통에 빠진 것처럼 느릿느릿 움직였다. 왜, 왜?

드디어 끝났다. 사이렌이 길게 울렸고 페리가 부두를 빠져나왔다. 가레스는 아무 말도 하지 않았다. 하지만 페리의 진행 방향을 원래 다니던 경로에서 살짝 틀어서 페리의 좌현 갑판이 병이 있는 지점에 가까이 붙도록 했다. 병은 물살을 타고 계속 까닥거렸다.

톰은 뜰채를 단단히 들었다. 승객 몇 명이 톰을 보며 궁금한 눈빛으로 웃었다. 톰이 잔뜩 집중해서 얼굴을 찡그리고 있는 게 재미난 모양이었다.

톰은 사람들의 시선을 느꼈다. 그러거나 말거나. 저들이 뭘 알겠어? 톰은 뜰채로 물을 떴다. 잡았다- 하지만 뜰채를 올릴 때 병이 빠지고 말았다. 페리는 계속 앞으로 움직였다. 남은 기회는 단 한 번뿐이었다. 톰은 몸을 잔뜩 내밀고 팔을 최대한 멀리 뻗었다.

"조심해, 인마. 정신 나갔어?"

톰은 뒤에서 잡아당기는 손을 느꼈다. 마이크가 톰의 허리띠를 잡았다.

"그러다 빠져. 뭔데 그래?"

"됐어, 마이크 형. 잡았어."

정말이었다. 병이 뜰채 안으로 들어왔다. 톰은 병이 빠지지 않게 뜰채를 살살 들어서 갑판에 조심스레 내려놓았다.

"됐어! 봐!"

마이크가 톰을 미치광이 보듯 봤다.

"뭐야, 그냥 병이잖아."

뭐라고 하든 상관없었다. 마이크가 이 병의 중요성과 의미를 간파하거나 이해하지 못해도 상관없었다. 이게 병인 건 사실이지만 예사 병은 아니었다. 이건 톰의 병이었다. 톰에게 온 병. 뜰채를 헤치고 병을 꺼낼 때 똑똑히 봤다. 예상대로 병 안에 뭔가가 있었다. 얌전하게 말아 넣은 종이가 있었다. 누군가 펼쳐주기를 기다리는 종이. 병에 든 건 편지였다. 기다리던 답장이었다. 정말로 답장이 왔다. 톰에게 드디어 유리병 편지가 왔다.

그런데 언제 읽지? 어디서? 여기서? 지금? 안 돼. 나중에. 아무도 없는 데서 혼자 조용히 읽어야지.

"그 병 갖다가 뭐 할 건데?" 마이크가 물었다. "뭔데 그걸 건지겠다고 목숨을 걸어?"

"그냥 가지고 있을 거야."

사람들은 병에 내용물이 있는 걸 눈치채지 못했다. 톰도 구태여 알리고 싶지 않았다. 병에 편지가 든 걸 마이크와 외삼촌이 알면 읽어보자고 할 게 분명했다.

"뭐야, 흔해 빠진 병이잖아." 가레스가 병을 보며 말했다. "난 또 골동품 같은 건 줄 알았지. 수집용 희귀 아이템 같은 거."

톰은 병을 감추고 싶은 마음이 간절했다. 주머니에도 안 들어가고, 쇼핑백도 없고. 그러다 자전거가 생각났다.

"이거, 자전거 바구니에 넣고 올게요. 깨지면 안 되니까."

톰은 병을 자전거에 실었다. 그리고 킹 빌리 페리가 브렌트 선착장으로 돌아오자 자기는 이만 집에 가겠다고 했다.

"그래, 잘 가라, 톰. 엄마한테 안부 전하고."

"태워줘서 고마워요, 외삼촌."

"또 와. 도와줘서 고맙다."

"안녕, 마이크 형."

"또 보자, 톰."

두 사람은 톰이 자전거를 끌고 페리에서 내리는 걸 지켜봤다.

"애가 가끔씩 속을 알 수 없게 굴어요, 그죠?"

톰이 들리지 않을 만큼 멀어지자 마이크가 말했다.

가레스는 떠나는 조카를 바라봤다. 그의 눈길에 연민과 슬픔이 어렸다. "이해 못 할 것도 없지. 애가 겪은 걸 생각하면."

"톰 아빠가 타고 있던 배에선 결국 아무도 못 찾은 거예요?" 마이크가 물었다. "단 한 명도요?"

"단 한 명도. 배와 사람 모두 침몰했어. 배 잔해는 좀 찾았는데, 그게 다야. 생존자는 한 명도 없었어. 결국 수색도 중단됐고."

페리가 강 가운데를 지났다. 두 척의 거대한 화물선이 다시 모습을 드러냈다. 피난처에 든 배들이었다. 페인트 작업대는 이제 걷어 올리고 없었다. 작업하던 두 남자도 사라지고 배는 텅 비어 있었다.

"그 배도 저만큼 큰 배였죠?" 마이크가 물었다. "대형 상선이라고 그랬나요?"

"그랬지. 배가 중심을 놓치고 전복됐어. 태평양에서 폭풍을 만나서. 풍력 12의 강풍이었지. 화물이 옆으로 쏠렸을 거라고 그러더군."

믿기 힘든 얘기였다. 로즈 헤이븐에 닻을 내리고 위용을 뽐내는 저 배들을 보고 있으면, 저런 배들은 절대로 가라앉지 않을 것 같았다. 저렇게 거대하고 강력한 것이 어떻게 바다에 빠져 죽을 수 있단 말인가?

가레스는 어깨 너머를 돌아봤다. 조카가 아직 페리 선착장 옆에 서 있었다. 톰은 망원경을 들여다보듯 아까 주운 병을 들여다보고 있었다. 그러다 병을 다시 자전거 바구니에 넣고 자전거에 올라 사라졌다.

가레스는 시선을 조타기로 돌렸다. 집중하지 않았다가는 무한 왕복 페리라고 해서 침몰하지 말란 보장이 없었다. 깊은 물은 결코 봐주지 않는다. 예외를 두지도 않는다. 물은 속임수와 함정으로 가득하다.

11
바다에서 온 편지

톰은 킹 빌리 페리에서 1킬로미터쯤 벗어났다. 더는 지켜보는 사람이 없다는 확신이 들자 톰은 자전거를 멈추고 울타리에 기대 세웠다. 그리고 바구니에서 병을 꺼냈다.

같은 병이었다. 확실했다. 톰이 첫 번째 편지를 넣어서 보낸 바로 그 병이었다. **발견자에게, 저는 톰이라고 해요. 델윅이라는 곳에 살아요. 델윅은 바닷가의 작은 어촌이에요.** 이렇게 시작하는 편지를 넣던 병.

병 입구를 막은 마개도 같은 마개였다. 병 색깔도 같았다. 짙은 녹색 유리. 톰이 썼던 탄산 광천수 병이었다.

확실한가? 확실해 보였다. 어느 정도는. 다시 찬찬히 뜯어보니 처음 건졌을 때만큼은 확신이 없었다. 기억하는 것보다 유리 표면이 거칠고 긁힌 자국이 많았다. 하지만 바다에서 몇 주나 떠돈 것을 감안하면 그럴 만도 했다.

더 아리송한 것은 따로 있었다. 톰은 편지에 이메일 주소를 적어서 보냈다. 편지를 발견한 사람은 어째서 답장을 이메일로 보내지 않았을까? 이메일로 보내면 되는데 왜 굳이 병에 답장을 넣어서 도로 던졌을까? 어째서 발신자가 답장을 무사히 받을 가망이 낮다 못해 없다시피 한 방법을 택했을까?

그걸 알아내는 방법은 한 가지밖에 없었다.

톰은 병을 들어서 햇빛에 비춰 봤다. 병이 반투명했지만 내용물이 톰이 쓴 편지가 아닌 건 확실했다. 병이 보람 없이 되돌아온 건 아니었다. 병 안에 말려 있는 것은 심지어 종이 같지도 않았다. 다른 소재 같았다. 종이보다 무르고 나긋나긋한 것.

자동차 한 대가 쌩 지나갔다. 방금 페리에서 내린 차 같았다. 자전거 탄 사람도 두어 명 지나갔다. 그리고 도로가 고요해졌다. 톰은 병을 열고 싶은 마음이 굴뚝같았다. 하지만 여긴 아니야. 충분히 비밀스럽지 않아. 일단 집에 가서 방문부터 닫아걸자. 먼저 프라이버시를 확보하고 마리 누나가 예고 없이 들이닥칠 가능성부터 봉쇄하자. 누나가 방문을 두들겨댈 수는 있지만, 절대로 들어올 수는 없게.

그래, 집에 가는 게 먼저야. 그게 속 편해. 방으로 올라가 문 잠그고 차분히 앉아서 마개를 천천히 돌려 빼고 안에 말아 넣은 편지를 꺼내는 거야. 천천히, 서두르지 말고, 그 순간을 만끽하면서―

하지만 톰이 집에 도착했을 때 일거리가 기다리고 있었다. 마을 가게에 심부름을 다녀오고 장작 다발을 날랐더니 곧바로 저녁 먹을 시간이었다. 톰이 자기 방에 안착한 것은 집에 도착하고 두 시간이 지나서였다.

톰은 병을 책상 위에 올려놓았다. 병 표면은 바싹 말라 있었다. 긁히고 쓸린 자국들 때문에 유리가 뿌옇게 흐렸다. 먼 길을 여행한 병이 틀림없었다. 이건 세상을 겪은 병이었다. 물로 덮인 세상에 국한되지만, 어쨌든 델윅에서 멀리 떨어진 세상에서 온 건 사실이었다.

병에서 희미하게 해초와 짠물 냄새가 비릿하게 올라왔다. 바싹 말라 있었지만, 바다가 이미 병 입자 사이사이에 스며서 병과 분리될 수 없는 일부가 된 것처럼.

톰은 한 손으로 병목을 잡고 다른 손으로 병 밑동을 잡았다. 마개를 비틀었다. 마개는 꿈쩍도 하지 않았다. 너무 꽉 끼었거나 들러붙은 것 같았다. 톰은 욕실에서 수건을 가져다가 힘주기 좋게 병마개에 감았다.

마침내 마개가 움직이기 시작했다. 톰은 마개를 완전히 돌려서 병목에서 잡아 뺐다. 병을 들여다보니 두루마리처럼 단단히 말아놓은 헝겊 조각이 있었다. 톰은 손가락을 넣어 꾹꾹 찔러봤다. 캔버스 천 느낌이 났다. 병을 기울여 꺼내려고 했지만 천 조각은 움직이지 않았다.

톰은 서랍에서 연필을 꺼내 병을 거꾸로 들고 다시 시도했다. 몇 번 시도한 끝에 성공했다. 돌돌 말린 천 조각이 병에서 떨어져 나왔다. 천은 축축했다. 마개가 그렇게 단단히 막혀 있었는데도 여행 중에 물이 들어간 모양이었다. 바다 비린내도 심하게 났다.

톰이 천을 펼칠 때 물이 뚝뚝 떨어졌다. 짠물이 카펫 위에 후드득 떨어졌다. 하지만 톰은 그런 것 따위 안중에 없었다. 캔버스 천을 펼치자 거미 다리처럼 가늘고 기다란 글씨가 드러났다. 글씨는 병약한 손이 쓴 것처럼 흐렸다. 마치 유령의 글씨 같았다.

톰은 캔버스 천을 평평하게 폈다. 완전히 펼치자 A4 용지 두 장 크기만 했다. 글씨는 반듯하고 정연했다. 하지만 옛날 풍이었다. 전체가 다 이탤릭체였다. 일반적인 펜으로 쓴 것 같지도 않았다. 깃펜이나 펜촉이나 맛조개의 뾰족한 끝으로 쓴 것처럼 보였다. 캔버스 천에 썼다기보다 천을 할퀸 것 같은 필체였다. 잉크가 몹시 흐리고 희미했다.

하지만 못 읽을 정도는 아니었다. 톰은 캔버스 천을 한 번 더 반듯하고 납작하게 폈다. 그리고 내용을 읽기 시작했다.

바다친구에게,

자네가 이 편지를 읽게 되리라는 기약은 없네. 바다는 넓고 종잡을 수 없는 곳이니 말일세. 아무리 노련한 뱃사람도 바닷물이 어디로 흐를지, 파도가 어떻게 일지는 결코 장담할 수 없거든. 어디로 흘러야 하는지 또는 보통은 어디로 흐르는지는 알 수 있지만, 정작 어디로 흐를지는 아무도 몰라. 그건 전혀 다른 문제야. 어찌 보면 바다는 구속을 불허하는 존재야. 항상 제멋대로지.

그럼에도 불구하고 우리가 자네 편지를 발견했다면, 반대로 자네가 우리 편지를 발견할 가망도 있지 않겠나? 세상일이 그런 거거든. 주는 게 있으면 받는 게 있고, 운명과 상황은 항시 양방향으로 얽히게 돼 있거든.

이 답장에 별다른 뜻은 없네. 나도 그저 자네에게 안부나 전하려는 것일 뿐. 물 위에 빵 던지기를 두려워하지 않는 사람, 운명의 여신과 바람의 힘과 바다의 흐름을 믿는 사람에게서 소식을 듣는 것은 언제나 고무적인 일이지. 그런 믿음이 없다면 항해도 항해자도 없을 테니까. 여기 있는 우리는 모두 뱃사람이라네. 아니, 한때 뱃사람이었지.

그런 의미로, 그리고 여기 있는 우리 모두를 대신해서, 반갑다는 말을 하고 싶네. 우리는 스스로를 늙은 수부(水夫)라고 부른다네. 그렇다고 우리 모두가 늙은이는 아냐. 우리 중에는 아직 젖내나는 애송이도 많아. 적어도 이곳에 처음 왔을 때는 그랬지. 우리가 있는 곳은 데이비 존스의 함(데이비 존스의 함은 바다 밑바닥을 일컫는 속어다. 바다에서 숨진 뱃사람과 난파선이 가는 곳을 의미하기도 한다:옮긴이)이라네. 사실 어디라 부른들 무슨 상관이겠나.

우리 중에는 여기 있은 지 아주 오래된 이들이 있는가 하면 최근에 합류한 이들도 있네. 항상 새로운 멤버들이 들어오지. 하지만 여기에 자진해서 오는 경우는 결코 없어. 있어도 극히 드물지. 어쨌든 우리는 여기로 왔고, 여기에 머문다네. 우리는 세상에서 잊힌 존재들이야. 우리 대부분은 이제 너무 늙어서 우리를 기억하는 사람이 세상에 하나도 남아 있지 않아. 하지만 일부에겐 아직도 저편에 사랑하는 사람들이 있지. 떠난 이를 사무치게 기억하고 끔찍이 그리워하는 사람들. 그 생각을 하면 슬플 따름이야.

기도도 고맙지만, 늙은 수부에게 가장 애틋한 건 기억이라네. 멀리 마른 땅 어딘가에서 아직도 나를 생각하고, 아직도 가슴에 나를 품고 있는 사람이 있다는 것. 그걸 아는 게 중요해.

죽은 사람은 말이 없다는 말이 있지. 우리 경우엔 해당 없는 소리야. 여기서는 말밖에 하는 게 없어. 여기서는 물레처럼 이야기를 끝도 없이 뽑아내는 게 일이야. 이야기가 어찌나 멀리 거슬러 올라가는지 놀랄 정도라네. 세상이 그렇게 오래됐다는 게, 아직도 그걸 기억하는 사람들이 있다는 게 신기할 정도야.

데이비 존스의 함은 이런 곳이야. 어떤 사람들은 영원한 안식에 들지만, 우리 같은 사람들, 바닷사람들은 영원히 남아. 물고기가 물에 있듯 우리도 우리 영역 안에 있지. 바다가 자신의 망자들을 놓아주는 날까지. 성경에서 말하듯 한때 큰물에서 생업을 이었던 사람들을 바다가 모두 넘겨줄 때까지. 우리가 여기서 못 견디게 행복한 건 아니지만 그렇다고 못 견디게 슬픈 것도 아니라네. 우리에겐 서로의 말벗이 있고, 왕년의 이야기들이 있고, 가끔씩 지나가는 해파리들이 있고, 손을 흔들어주는 산호초가 있고, 갈 길을 가면서 고갯짓으로 인사하는 바다거북들이 있으니까.

바다친구여, 소식 고마웠네. 자네가 하는 모든 일에 행운이 따르길 비네. 혹시 뱃사람이 된다면 갑판에 나갈 때는 항상 구명구를 착용하고, 안전훈련을 절대 우습게 알지 말고, 꼭 수영을 배우게. 하긴 바다의 한기가 뼈에 스미면 수영 실력 따위가 무슨 소용이겠나. 그게 넵투누스(바다의 신:옮긴이)의 뜻이라면 말이야.

행운이 함께하길. 그리고 좋은 항해가 되기를.

이곳 데이비 존스의 함에 있는 모두를 대신해서, 노소를 불문하고 늙은 수부 전체를 대표해서 이렇게 안부를 띄우네.

테드 본즈. (사람들은 나를 이렇게 부른다네. 나도 한때는 잘나가던 조타수였지. 하지만 다 옛날 얘기야. 더는 그때만큼 잘나가지 못해. 가능하면 답장을 보내주면 좋겠네. 편지를 받아본 지가 얼마 만인지 모르겠군. 바깥소식은 어떤가? 영국은 아직도 프랑스와 전쟁 중인가? 아니면 이미 오래전에 끝난 일이려나?)

추신: 그런데 바다친구, 이메일 주소가 뭔가? 자네가 편지에 써 놨던데? 온갖 데를 다 다녀봤지만 처음 듣는 말이야.

톰은 편지를 뚫어져라 응시했다. 그러다 캔버스 천을 들어서 뒤집었다. 뒤에도 내용이 있을까 싶어서. 행여 놓친 게 있을까 싶어서. 하지만 뒷면에는 아무것도 없었다. 편지는 그게 다였다.

톰은 충격에 싸였다. 오싹했다. 톰은 방 안을 휘둘러봤다. 엄마! 누나! 이것 좀 봐! 외침이 목구멍 끝까지 올라왔다. 방금까지는 엄마와 누나의 참견이 몹시 싫었는데, 갑자기 두 사람의 곁이 사무치게 아쉬웠다.

하지만 마음속 뭔가가 톰을 잡았다. 그 뭔가가 소리치려는 걸 말렸다.

톰은 편지를 다시 읽었다. 편지를 읽을수록 으스스한 기운이 강해졌다.

"죽은 사람이 보낸 편지야." 톰은 마른입으로 중얼거렸다. "망자(亡者)의 메시지."

갑자기 온몸에 소름이 끼쳤다. 어깨 너머에 누가 있는 느낌이 났다. 누가 등 뒤에서 편지를 굽어보며 함께 읽는 느낌이 났다.

톰을 고개를 홱 돌렸다.

"누구야!"

아무도 없었다. 방에는 톰밖에 없었다. 그리고 희미한 파도 소리뿐이었다. 낮이고 밤이고 항상 있는 소리. 그리고 멀리서 간헐적으로 울리는 사이렌 소리뿐이었다. 블랙 록스 주변에 떠 있는 부표에서 보내는 경고의 소리.

톰은 소름이 돋았다. 이게 뭐지? 어떻게 이런 일이 가능해? 죽은 사람이, 옛날에 익사한 선원이 어떻게 편지를 보내? 이게 정말 전설의 늙은 수부가 맛조개를 펜으로, 찢어진 돛 조각을 편지지로, 오징어 먹물을 잉크로 삼아서 쓴 편지일까?

이건 판타지소설, 해적 영화에나 나오는 얘기다. 깊은 바닷속 데이비 존스의 함. 죽은 뱃사람들이 모여 있다는 전설의 무덤. 빈 파이프를 뻐끔뻐끔 피우고, 짠물이 담긴 맥주잔을 기울이는 영혼들. 그건 이야기에 불과하다. 진짜가 아니다. 익사하면 그걸로 끝이다. 죽은 선원들이 모여 살면서 서로 허풍을 겨루고, 지나가는 불가사리를 구경하는 심해의 정원 따윈 없다.

거기다 깊은 바다 밑에 있는 사람이 어떻게 톰의 편지를 발견한 단 말인가? 병이 가라앉지 않고서는 불가능하다. 뱃사람의 영혼이 바다 밑 무덤에서 손을 뻗쳐 파도 틈에서 편지를 낚아채기라도 했다는 건가?

아니면 장난일까?

그래, 장난이 분명해. 누군가 병을 발견하고 장난치기로 작정한 거야. R.D.가 분명해. 외계인에게 앙갚음하려고 일을 꾸민 거야.

그렇지만… 어쩐지 장난 같지 않았다. 거미 다리처럼 가늘고 기다란 글씨와 다 해진 캔버스 천은 가짜라고 하기엔 너무나 예스럽고 너무나 사실적이었다.

톰은 창가로 갔다. 앞바다에 뜬 부표가 가물가물 보였다. 부표는 깜빡이면서 시계처럼 정확하게 45초에 한 번씩 경고등을 쏘았다.

오늘 저녁에는 바다가 잔잔해 보였다. 파도가 찰싹찰싹 밀려오고, 그때마다 물살 밑에서 조약돌이 반들대고 모래가 흐르는 소리가 났다.

그게 정말일까? 정말로 깊은 바닷속에 영혼들이 모여 사는 곳이 있을까? 난파선들이 서서히 녹과 따개비 덩어리로 변해가는 곳. 그곳에 배를 버리지 못하고 머물러 있는 선원들. 유령 주사위를 굴리고 유령 카드를 돌리고, 머리 위로 이승의 화물선과 여객선이 지나가거나 저인망어선이 그물을 펼칠 때마다 거품 이는 뱃노래를 부글대는 혼령들.

톰은 편지를 집어 들었다. 캔버스 천은 거칠었다. 하지만 연약했다. 자칫하면 천이 바스라지고 글씨가 먼지로 흩어질 것 같았다. 천은 방의 온기 속에 바싹 말라가고 있었다. 톰은 서둘러 욕실로 가서 수도꼭지를 틀었다. 습기를 유지하지 않아서 천이 말라 부스러지면 어떡해? 그러면 증거가 사라지고 만다. 그러면 내가 말해봤자 믿어줄 사람이 없다. 물론 누구에게도 말할 생각은 없지만. 아직은.

톰은 편지를 다시 말아서 병에 넣었다. 마개도 다시 닫았다. 병을 옷장에 넣었다. 더는 쓰지 않는 장난감과 게임과 있는지도 잊었던 직소퍼즐 상자들로 잘 가려놓았다. 톰은 침대에 누워 팔베개를 하고 천장을 물끄러미 올려다봤다. 천장 전등은 꺼져 있었다. 불빛은 침대 머리맡 스탠드뿐이었다. 톰은 일종의 무아지경에 빠졌다. 느낌이 거의 섞이지 않은 순수한 생각의 상태. 이제 어떻게 할지, 어떻게 대응할지, 어떻게 응답할지 결정해야 했다.

답장을 쓰자. 톰은 결정했다. 답장을 보내놓고 어떻게 되나 한번 보자. 그들이 내 첫 번째 편지를 발견했다면, 내 다음 편지도 발견하지 않겠어? 당연히 발견하겠지. 그래야 논리가 맞지.

톰은 침대에 누운 채 맘속으로 편지를 썼다. 썼다가 바로 털어버리기를 반복했다. 모두 부적절하고 생뚱맞았다. 답장을 쓰려면 제대로 써야 한다. 할 말이 생각날 거야. 생각나게 돼 있어.

깊은 바닷속에 있는 혼령에게 무슨 말을 한다? 테드 본즈 씨를 비롯한 늙은 수부들에게 어떤 말을 전한다?

아직은 아니지만 할 말이 떠오를 거야. 톰은 그렇게 믿었다. 느굿하게 생각하자. 하룻밤 자면서 생각하자. 생각이 떠오르면 바로 써서 병에 넣어 바다로 보내자. 본즈 씨가 병 하나를 발견했다면 다른 병도 발견할 수 있어. 그래야 논리가 맞지.

하지만 이 일이 논리와 하등 관계없다는 걸 톰도 마음 한편으로는 명백히 알고 있었다. 이 일은 애초부터 논리가 전혀 통하지 않는 일이었다.

12

데이비 존스의 함

답장, 답장. 뭐라고 써야 하나? 또 같은 병을 써야 하나? 아니면 이번엔 다른 걸로? 아냐, 당연히 같은 걸로 해야지. 테드 본즈 씨가 답장을 기다리고 있어. 그 사람은 먼젓번과 같은 병을 찾을 거야.

머릿속이 하얬다. 속이 답답했다. 톰은 펜을 방 반대편으로 집어던지고 다시 침대에 벌렁 드러누웠다. 안개로 가득한 머릿속에서 뇌가 괴롭게 버둥댔다. 웃기는 소리였다. 테드 본즈 따윈 없다. 누군가 어설프게 지어낸 빙충맞은 이름에 불과해. 깊은 바닷속 늙은 수부들? 데이비 존스의 함? 장난해? 그런 게 있을 리 만무하다. 동네 강아지가 웃을 일이다. 톰도 알고 있었다. 첫 편지까지는 바보짓이 아니었다. 거기까지는 괜찮았다. 그건 일종의 실험, 일종의 재미 추구였다. 하지만 이건? 이건 멍청한 짓이었다. 사람들이 익사하면 익사한 것이고, 죽었으면 그걸로 끝이다. 죽은 사람들은 생각하지 않는다. 생각할 수도 없다. 하물며 그들이 편지를 쓴다는 건, 어림 반 푼어치도 없는 소리였다.

누가 나를 놀리고 있는 게 분명해. 톰은 생각했다. 누구지? 누가 이 일을 알지? 내가 유리병에 편지를 담아 바다에 던진 걸 아는 사람이 누가 있지? 마리 누나 빼고? 아무도 없다. 한 명도 없다. 누군가의 소행이라고 해도 누나는 아니다. 누나가 이런 장난을 벌일 리는 없다. 그리고 장난칠 거라면 왜 이렇게 오래 기다린 거지? 그리고 이런 장난을 해서 얻는 게 뭐야? 의미가 없잖아. 내가 병을 도로 발견하리란 보장이 없잖아. 어떤 사람이 이런 한심한 짓거리를 하겠어? 장난이 먹힐 가능성이 거의 없다면, 그건 장난이라고 할 수도 없잖아.

하지만 내가 이 시점에서 정말로 답장을 쓴다면, 그러면 얘기가 달라진다. 그러면 진짜로 장난이 성립된다. 내가 답장을 보내게 만드는 게 이 장난의 목적이니까. 깊은 바다 밑에 갇혀 있는 망자라는 엄청난 핸디캡에도 불구하고 바깥세계와 서신을 주고받을 역량을 가진 테드 본즈라는 존재가 있다고 믿는 바보, 나를 그런 바보로 만드는 게 이 장난의 목적이니까.

젠장!

톰은 침대에서 일어나 바닥에 던졌던 펜을 집어 들었다. 그리고 방문을 열고 내다봤다. 누나의 방문 밑으로 빛이 새어나왔다. 누나한테 가서 말할까? 아냐. 누나는 놀려댈 게 빤해. 그런 편지를 받고 고민하는 것 자체가 내가 천치라는 증거라고 하겠지. 내가 생각해도 그러니까.

엄마한테 말할까? 안 돼. 엄마는 더 안 돼. 엄마는 속이 무너질 거야. 이런 얘기를 하면 아빠 생각밖에 더 나겠어? 수천 킬로미터 밖의 망망대해에서 실종된 아빠. 영영 발견되지 못한 아빠.

그럼 누구한테 말한다? 또 누가 있지? 학교 친구? 그쪽은 꿈도 꾸지 말자. 남들에게 다른 얘기는 할 수 있어도 이 얘기는 안 돼.

가레스 외삼촌은 어떨까? 아니야, 외삼촌은 이러고 말 거야. "이 얼빵한 녀석아, 가서 서핑이나 해. 머리통을 비워. 그래야 제대로 된 생각이 들어올 거 아냐."

톰은 다음으로 스토비 씨를 떠올렸다. 할아버지라면 얘기를 들어줄 거야. 스토비 씨는 바다와 바다의 미신에 관해서는 모르는 게 없었다. 스토비 씨에겐 어떤 것도 놀랍거나 새롭지 않았다. 적어도 멍청한 소리 말라고 타박하거나 뒤에서 킥킥댈 사람은 아니었다. 그런데 할아버지한테 본즈 씨에게 받은 편지까지 보여줘야 할까? 그저 지나가는 말처럼 물어보는 게 좋겠지?

톰은 앉아서 공책을 집었다. 결심이 섰다. 그래, 스토비 할아버지한테 말하고 의견을 구하자. 하지만 당장은 아냐. 우선 답장을 보낸 다음에. 일단은 답장을 보내놓고 어떻게 되나 두고 보자. 본즈 씨에게 답장을 보냈는데 아무 일도 생기지 않으면, 그럼 그걸로 상황 종료인 거다. 시간이 흘러도 본즈 씨의 새로운 메시지를 담은 병이 오지 않으면, 또는 내가 그걸 발견하지 못하면, 그럼 그걸로 땡인 거야. 그냥 잊어버리면 돼. 그냥… 모두 증발하게 놔두면 돼. 안개와 이슬이 아침 해에 말라 없어지듯이 기억도 사라져버리면 그만이야.

톰은 비로소 기분이 나아졌다. 마음이 가라앉고 편해졌다. 할 일을 결정하고 나니 모든 게 선명해졌다.

좋았어. 이제 해저 용궁에 사시는 테드 본즈 영감에게 어떤 말을 써 보낸다?

테드에게.

아냐. 이상해. 심하게 친한 척은 피하자.

본즈 씨에게.

그래, 이게 낫지. 정중하지만 딱딱하지 않고.

본즈 씨에게. 귀하가 보내신…

톰은 **귀하가 보내신 ×월 ×일자 편지 잘 받았습니다**라고 쓰려다 멈췄다. 그러고 보니 본즈 씨의 편지에는 날짜가 없었다. 생각해 보니 그럴 만도 했다. 데이비 존스의 함에 있는 혼령이 시간이나 날짜에 신경 쓴다면 그게 더 이상한 일이었다.

톰은 쓴 것을 펜으로 북북 지웠다. 상관없었다. 어차피 이건 초고였다. 다 쓰면 새로 깨끗이 베껴서 병에 넣을 생각이었다.

본즈 씨에게.

본즈 씨의 유리병 편지 잘 받았습니다. 편지는 바로 어제 도착했습니다. 제가 로즈 헤이븐에서 발견했습니다. 대형 선박들이 정박하는 곳이니 아닐 거라 생각합니다. 아닌가요? 본즈 씨가 바다를 누비던 시절에는 없던 곳일 수도 있겠네요. 로즈 헤이븐은 지금은 피난항이에요. 세계 곳곳에서 선

박들이 와요. 심지어 중국처럼 먼 곳에서도 와요.

제 편지에 답장을 보내주셔서 감사합니다. 제가 바다에 병을 던진 지 여러 주가 지났고, 그래서 답장 발견을 거의 포기하려던 참이었습니다.

솔직히 데이비 존스의 함에 있는 늙은 수부로부터 답장을 받을 줄은 몰랐습니다. 부디 오해 없이 들어주세요. 존스 씨의 편지를 읽다 보니 어쩐지 이 세상 분이 아닌 것 같아서요.

정말 그런가요? 데이비 존스의 함에 있는 분들은 죽은 사람들이 맞나요? 만약 그렇다면 그런 분들이 어떻게 편지를 쓰나요? 그리고 하루 종일 뭘 하나요? 아직도 감각이 있나요? 만약 그렇다면 거기는 춥나요?

추신으로 이메일이 뭐냐고 물으셨죠? 하지만 솔직히 말해서 설명해도 잘 모르실 거예요. 일단 컴퓨터가 뭔지 아셔야 하는데 편지에 쓰신 내용으로 미루어 볼 때, 죄송하지만 컴퓨터가 뭔지도 모르실 것 같아요. 이메일은 쉽게 말하자면 일종의 우편함이에요. 다만 이 우편함을 이용하려면 컴퓨터가 필요해요. 바다 밑에는 컴퓨터가 없는 게 당연하니까 이메일도 못 하는 거죠. 전자제품은 물에 젖으면 작동을 안 하거든요. 어차피 계신 곳에서는 이메일을 사용할 수 없다는 말이에요.

그리고 우리나라가 아직도 프랑스와 전쟁 중이냐고 물으셨죠? 대답은 '아니오'예요. 프랑스와는 전쟁 없이 지낸 지 굉장히 오래됐어요. 제가 태어나기 훨씬, 훨씬 전부터요. 사실 지금은 프랑스와 꽤 사이좋게 지내요. 대개는요. 그리고 많은 사람들이 프랑스로 휴가 가요.

톰은 여기서 멈추고 펜 끝을 빨았다. 이제 무슨 말을 쓰지? 뭔가 중요하고 의미심장한 말, 본즈 씨가 사기꾼인지 아닌지 알아낼 단초가 될 말이 필요했다.

어떤 질문을 할까? 본즈 씨가 사기꾼 정체를 드러내게 하려면 어떤 질문을 날려야 할까?

톰은 펜 끝을 빨다가 아작아작 씹기 시작했다. 결국에는 볼펜 끝의 파란색 마개를 이로 잡아 뺐다. 그리고 껌처럼 잘근잘근 씹었다.

뭔가 한 방이 필요했다. 한 방.

생각났다. 생각이 퍼뜩 떠올랐다. 너무나 갑작스럽고 명확하게 떠올라서 생각의 도착에 몸이 물리적으로 반응했다. 한기가 느껴지고 심장이 빠르게 뛰었다. 그래, 그거야. 바로 그거야.

톰은 씹던 볼펜 꽁다리를 손에다 뱉었다. 꽁다리가 엉망으로 일그러져서 볼펜에 다시 끼우는 건 불가능했다. 톰은 꽁다리를 쓰레기통에 던져 넣었다.

뭐 하나 여쭤봐도 될까요, 본즈 씨? 데이비 존스의 함에 있는 뱃사람들 말인데요. 거기 계신 사람들과 모두 알고 지내시죠? 사실 저도 바다에서 실종된 사람을 한 명 알아요. 실종된 지 오래되지는 않았어요. 고작 1년 조금 넘었어요. 실종자 이름은 새뮤얼 펠로우예요. 그 사람에게 저 대신 안부 전해주실 수 있을까요? 그렇게 나이 먹진 않았어요. 우리 엄마 나이쯤이에요. 본즈 씨처럼 선원이었어요. 타고 가던 배가 폭풍을 만났고, 화물이 쏠리는 바람에 배가 균형을 잃고 선원 전원과 함께 침몰했어요. 다른 선박들이 생존자 구조에 나섰지만 선원은 한 명도 발견되지 않았어요. 몇 날 며칠 찾다가 결국 수색이 중단됐어요. 모든 게 너무 순식간에 일어나서 누구도 빠져나올 기회가 없었을 거래요.

제 부탁을 들어주시겠어요, 본즈 씨? 그 사람에게 전해주세요. 우리 모두 여기서 잘 지내고 있다고, 우리가 몹시 그리워한다고, 매일매일 생각한다고요. 이걸 그 사람이 꼭 알았으면 해요.

그 사람에게 이 말을 전해주시겠어요, 본즈 씨? 그리고 다음 답장에 소식을 전해주세요. 부탁드려요.

감사합니다.

이쯤에서 편지를 줄이고 병에 넣어야겠어요. 이 병이 이젠 우리의 병이 되었네요. 본즈 씨와 저의 병. 이따가 포구에 내려가서 병을 바다에 던질게요. 본즈 씨가 받으실 수 있도록요. 본즈 씨가 꼭 발견하시길 빌어요.

제게 답장 주셔서 다시 한 번 감사드립니다.

데이비 존스의 함에 계신 모든 분께 님님한 안부의 인사 전합니다.

당신의 친구,

톰 드림.

톰은 실수를 고쳐가며 편지 내용을 다시 깨끗이 베껴 썼다. 그리고 옷장으로 가서 초록색 병을 꺼내 왔다. 병에서 본즈 씨의 캔버스 천 편지를 꺼냈다. 캔버스 천 편지를 수돗물에 축이고 비닐봉지에 넣어 꼭꼭 감쌌다. 비닐봉지를 서랍장 맨 아래 서랍의 바닥에 숨겼다. 거기라면 아무도 발견하지 못할 듯했다. 마지막으로, 방금 쓴 편지를 말아서 병에 넣고 마개를 단단히 틀어막았다.

톰은 병을 코트 주머니에 감추고 조용히 집을 빠져나왔다. 아무에게도 나간다는 말을 하지 않았다. 시간도 늦고 날도 저물었다. 하지만 썰물을 놓치고 싶지 않았다.

인적이 끊긴 마을 거리는 고요했다. 포구 맞은편 선술집에서 흘러나오는 불빛과 웃음소리와 음악 소리를 빼면 한산하기 그지없었다.

곧 조수가 바뀔 시간이었다. 톰은 포구로 향하던 걸음을 충동적으로 바꿨다. 대신 해안 산책로로 빠져 니들 록으로 향했다. 거기까지 올라가는 데 10분밖에 걸리지 않았다. 톰은 굴뚝바위 옆에 서서 검게 부글거리는 바다로 병을 휘둘러 던졌다. 병은 곧바로 사라졌다. 해가 저물고 컴컴해져서 병이 바다로 나가는 모습은 보이지 않았다.

됐어. 끝났어. 편지를 썼고, 편지를 부쳤다. 이제는 기다리는 것만 남았다. 이제는 본즈 씨가 오징어 먹물과 가리비 껍데기와 돛 조각을 가져다놓고 편지 쓰기를 기다리는 것만 남았다.

본즈 씨가 직접 쓰지 않을지도 몰라. 혹시 받아쓰는 문어가 있을까? 문어에게 불러주고, 문어는 나름대로 최선을 다해 받아쓰고.

참 이상한 일이지. 톰은 바다를 바라보며 생각에 잠겼다. 누구는 이런 바닷가 마을에 태어나고, 누구는 뱃일을 택할 일도 물에 빠져 죽을 일도 없는 내륙에 태어나고.

하지만 태어날 곳을 선택하는 사람은 없다. 인생의 많은 것들은 스스로 선택할 수 없는 것들이다. 사람은 운명과 환경 앞에 속수무책이다. 물이 어디로 흐르든 물결을 따라 까닥거리며 흘러 다닐 뿐. 광대하고 강력한 바다에 던져진 작고 약하고 방향감각 없는 병처럼.

사람도 병처럼 속에 메시지를 담고 있을까? 아니면 비어 있을까? 나는 발견자에게 무엇을 보여주게 될까. 나는 세상에 어떤 뉴스, 어떤 지혜의 말을 전하게 될까. 세상 사람들이 내 비밀을 낱낱이 읽게 되면 그들은 나를 어떻게 생각할까.

톰은 한동안 파도를 좀 더 바라보다가 몸을 돌려 언덕길을 내려갔다. 집까지는 금방이었다. 톰은 살며시 문을 열고 까치발로 들어갔다.

13
오션 펄

편지를 애면글면 기다리는 것도 힘들지만, 정말로 힘든 건 편지가 영영 오지 않을 거라는 두려움이었다. 그리고 영영 오지 않을 편지를 한없이 기다리게 된다는 두려움이었다. 오늘은 물때가 지나서 글렀지만, 내일은 올 거라는 끝없는 희망.

내일은 올까? 내일쯤이면 올까? 너무 이른가? 얼마나 기다려야 할까? 내일 밀물에는 답장이 올까? 아니면 영영 나타나지 않을까? 최악은 이거였다. 다른 사람이 발견하지는 않을까? 그러면 어떡하지?

'해상운송' 편지 수신은 까다로운 과제였다. 크리스마스 선물은 아무리 애가 타도 당일 아침이 밝기를 기다렸다가 계단을 뛰어 내려가 트리 아래 쌓여 있는 선물을 끌러보면 그만이다. 생일 선물도 마찬가지다. 늦어도 당일 아침에 계단을 뛰어 내려가 우편함 옆에서 기다리면 집배원 아저씨가 카드와 소포와 봉투를 들고 나타난다. 하지만 유리병 편지를 기다리는 일은 기약이 없었다.

톰은 무인도에 고립된 기분이었다. 톰은 짠 내 나는 바다에 빵을 던졌다. 그의 구원 요청은 이미 망망대해로 나갔다. 이제 할 수 있는 건 지켜보며 기다리는 것뿐이었다. 그리고 계속 희망하는 것뿐이었다.

톰은 매일 아침 버스 정류장에 갈 때 포구를 지나서 갔고, 매일 오후 하굣길에 해변을 뒤졌다. 티타임과 숙제가 끝나면 산책을 가장하고 니들 록에 올라가서 바다를 살피거나 톨제스 해변의 모래사장까지 헤매고 다녔다.

톰은 날씨가 맑고 파도가 좋을 때는 서퍼 무리에 끼었다. 번쩍이는 네오프렌 잠수복을 입은 서퍼 무리는 바다표범과 펭귄 무리를 연상시켰다. 톰은 울룩불룩한 잠수복에 낡은 서핑보드를 든 R.D.와 가끔 마주쳤다. 그러면 한동안 함께 파도를 탔다. R.D.는 나쁜 애가 아니었다. 그저 어색하고 어설픈 아이였다. 그리고 아마도 좀 외로운 아이였다. 톰도 외로움에 대해서는 좀 알았다. 아빠를 잃은 아이는 마음 한 부분이 항상 외로웠다. 주위에 아무리 사람이 많아도 그 빈자리는 결코 채워지지 않았다.

톰은 주말마다 자전거를 타고 킹 빌리 페리로 갔다. 가레스는 톰이 별안간 뻔질나게 오는 이유가 궁금했다. 직업 훈련인가? 나중에 내 뒤를 이어 페리 선장이 되려고 그러나? 아냐, 뭔가 다른 꿍꿍이가 있어. 가레스는 판단했다. 녀석은 늘 반쯤 넋이 나가 있어. 무슨 일을 해도 집중을 못 해. 항상 물만 쳐다보고 말이야. 전처럼 지나가는 병을 하나 더 발견하고 싶어서 그러나? 하지만 그

130

럴 가망은 낮았다.

가레스도 어렸을 때 한 번 병을 발견한 적이 있었다. 병 안에 편지가 있었다. 신이 났다. 의기양양하게 집으로 들고 갔다. 그리고 엄마한테 병을 열어달라고, 편지를 읽어달라고 했다. 너무 어려서 글을 못 읽을 때였다.

편지는 중국어로 쓰여 있었다. 아니, 중국어처럼 보였다. 확실히 알파벳은 아니었다. 가레스는 그 편지를 오래 간직했다. 언젠가 해석해줄 사람이 나타날 거라고 기대했다. 마침내 내용을 알게 됐다. **병을 발견하신 분께 행운이 깃들기를. 일본에서 인사 전합니다.** 이게 다였다. 가레스는 실망했다. 기대에 못 미치는 내용이었다.

하지만 가레스는 병만큼은 아직도 간직하고 있었다. 마른 꽃을 꽂아서 거실에 놔두었다. 내용물이 있는 멀쩡한 병을 발견한 건 그때가 처음이자 마지막이었다. 보이는 건 플라스틱 병이나 쓰레기뿐이었다. 따라서 톰 녀석이 노리는 게 그런 병이라면 야무진 꿈이었다. 아무리 오래, 아무리 열심히 찾아도 달라지는 건 없다. 확률은 높아봤자 1인당 평생 1병이다. 그게 가레스의 지론이었다. 평생 병 하나도 발견하지 못하는 사람이 대부분인데, 탐욕은 금물이다. 자기 몫 이상을 바라는 건 좋지 않다.

세상은 격언들로 가득하다. 어떤 것들은 지혜롭고, 어떤 것들은 유치하다. 진실을 담은 것들도 있지만 항상 그런 건 아니다.

기다리는 사람이 받기 마련이다.

어쩌면. 가끔은.

단, 무엇을 기다리는가에 달려 있다.

1주가 지났다. 2주가 지났다. 2주 4일, 2주 5일, 2주 6일. 마침내 3주가 지났다. 3주 1일. 꼬박 4주가 흘렀다. 4주나 기다렸지만 감감무소식이었다.

어이, 테드 본즈, 어떻게 된 거야? 왜 답장을 안 쓰는 건데? 왜 반응이 없는 건데? 도대체 펜팔이 몇 명이나 되길래? 유리병 편지 친구가 얼마나 많길래? 그렇게 공사다망하신가? 바다 밑에서 세계 방방곡곡의 바다친구들과 편지를 주고받느라 정신이 없으신가? 참, 정신은 원래 없었나? 이미 죽었으니까?

아니면 내 편지를 못 받은 걸까?

아니, 그럴 리 없어. 병이 가라앉았어도 받았을 거 아냐. 데이비 존스의 함이 원래 그런 데잖아. 바다에 가라앉은 것들이 더는 갈 데 없이 모이는 곳. 더는 가라앉을 데가 없는 곳.

톰은 병 생각만 했다. 골똘히 생각했다. 톰이 시무룩하고 말이 없어지자 엄마도 아들의 변화를 느꼈다. 느끼지 않을 수가 없었다. 톰은 짜증이 늘고 참을성이 줄었다. 어느 날 저녁 엄마가 부엌에서 말을 꺼냈다.

"요새 왜 그러니, 톰? 무슨 일 있니?"

"없어요, 엄마. 아무 일 없어요."

"3분도 가만히 앉아 있질 못하던데."

"잠깐 포구에 갔다 올게요."

"또? 오늘 아침에도 갔잖아."

"포구가 좋아요."

"그러지 말고 친구나 만나서 놀지그래? 서핑 하거나."

"지금은 그럴 기분이 아녜요."

아니지, 차라리 정말 서핑을 할까? 서핑보드를 타고 다니다 병을 발견할 수도 있잖아. 병을 마중 나가서 중간에서 만나는 거지.

톰은 엄마의 제안을 받아들여 해변으로 내려가서 서퍼 무리에 합류했다. 언제 나가도 아는 사람이 있었다. R.D.도 나와 있었다. 녀석은 언제나처럼 서핑보드에서 연달아 떨어지고 있었다. 하지만 병은 어디에도 보이지 않았다.

톰은 바다에서 한 시간을 보냈다. 잠수복을 입었어도 한기가 들어서 더는 버티기 어려웠다. 너무 추워서 발에 감각이 없었다. 소금기 때문에 눈도 따끔거렸다. 톰은 물에서 나와 집으로 갔다.

"재밌게 놀았니?"

"응, 엄마. 재미있었어요."

하지만 메시지는 없었다. 병도, 답장도, 코빼기도 없었다.

이어진 주말에 톰은 다시 가레스 외삼촌에게 갔다. 이번 토요일도 페리에서 일할 생각이었다. 두 척의 대형 선박은 여전히 로즈헤이븐에 정박 중이었다. 배들의 이름은 오션 에메랄드와 오션 펄이었다. 하나는 에메랄드처럼 초록색이고 다른 하나는 진주처럼 은백색이었다.

"자매선인가 봐." 가레스가 거대한 선체들을 쳐다보며 말했다.

그럴 가능성이 높았다. 색깔 빼고는 두 척이 쌍둥이처럼 닮았다. 같은 깃발을 달고 있었고, 배에 그려진 선박회사의 이름과 로고도 같았다.

"선장들도 배에 타고 있어요?" 톰이 물었다.

"아니." 가레스가 대답했다. "있어도 부항해장만 있겠지. 엔지니어 한 명이랑 일손 두어 명만 있을걸. 저렇게 내리 몇 주씩 놀고 있는 배에다 선장 월급을 주긴 어렵지. 배마다 기본 선원만 데리고 있을 거야. 출항할 일이 생기면 그때 선장을 불러들이겠지."

"선원들은 배에서 전혀 안 내려요? 저렇게 오래 배에 갇혀 있으면 갑갑하지 않나요?"

"내리지 말란 법은 없어. 그게, 전에는 선원들이 배에서 내려 읍내 출입을 했거든. 그런데 작년 8월에 여기 정박했던 포트 샐리호 선원들이 포구 선술집에 몰려와 부어라 마셔라 난장판을 벌이면서 일이 꼬였지. 그날 밤 아주 난리도 아니었거든. 그 사단이 난 다음부터 상륙 허가가 대폭 제한됐어. 지금 있는 사람들은 남들이 저지른 죄 때문에 대신 벌을 받는 셈이야."

두 선원은 여전히 페인트칠 작업 중이었다. 전처럼 오션 펄 호의 선체에 매달려 낡은 페인트를 문질러 벗기고 새로 페인트를 칠하고 있었다.

"꺽다리와 작다리다! 봐." 가레스가 외쳤다. "저번에 그 2인조 맞지?"

톰의 눈이 가레스의 손가락을 따라갔다. 하지만 마음은 다른 데로 흘렀다.

보아하니 두 남자 중 가무잡잡한 피부에 몸집이 작고 깡마른 남자가 작업반장이었다. 작업대를 언제 내리고 올릴지, 언제 일을 멈추고 휴식을 취할지 결정을 내리는 건 작은 남자였다.

밝은 색 피부의 다른 남자는 키가 크고 몸집이 우람했고, 헝클어진 머리와 텁수룩한 수염이 가면처럼 얼굴을 덮고 있었다. 두 남자는 묵묵히 끈덕지게 일했다. 문지르고, 닦아내고, 새로 페인트를 칠하고, 선체의 다음 구획으로 이동하기를 반복하며 집요하게 작업을 이어갔다.

작은 남자가 동료를 대하는 태도에는 어딘지 연민과 걱정이 묻어났다. 어딘지가 아니라 사실이 그랬다. 작은 남자는 동료가 행여 발을 헛디뎌 까마득한 아래로 추락하지 않을까 노심초사하는 듯했다. 보기에만 그런 게 아니었다. 사실이 그랬다.

작은 남자의 이름은 케오였고, 캄보디아 사람이었다. 케오는 옆의 동료를 이미 바다에서 한 번 건져냈다. 같은 일을 두 번 하고 싶은 마음은 없었다. 그는 동료를 찰리라고 불렀다. 그게 동료의 진짜 이름은 아니었다. 다만 케오가 흔하게 들었던 서양 남자 이름이 찰리여서 그렇게 불렀다. 찰리는 바다에 떨어졌다가 살아났다. 살아난 건 행운이었다. 물론 아무 탈 없이 살아난 건 아니었다. 머리에 상처가 증거처럼 남았다. 길고 깊은 상처였다. 상처가 아무는 데 꽤 오랜 시간이 걸렸다.

케오는 찰리를 이미 한 번 물에서 끌어냈다. 한 번이면 족했다. 다시 그를 구해야 하는 상황이 닥치는 건 달갑지 않았다. 예방책은 찰리가 다시는 물에 빠지지 않는 거였다. 만약의 사태를 방지하기 위해 케오는 찰리를 항상 주시했다. 인간의 마음이란 참 묘해서, 누군가를 죽음의 지경에서 구해내면 그 사람에게 놀랄 만큼 정이 간다. 기껏 고생해서 살려놓은 사람이 눈앞에서 죽는 건 용납할 수 없었다.

"찰리, 오케이?"

"오케이." 찰리가 낮게 웅얼거렸다.

찰리는 말수가 없었다. 케오도 말이 적긴 마찬가지였다. 케오는 아는 영어가 별로 없었고, 찰리는 아는 캄보디아어가 전혀 없었다. 언어의 장벽에도 두 사람은 서로 챙겨가며 친하게 지냈다. 두 사람은 묵묵히 페인트칠을 하며 선주로부터 화물이 들어왔으니 선적항으로 출발하라는 명령이 떨어지기를 기다렸다.

출항 명령이 떨어지면 그들은 닻을 올리고 로즈 헤이븐을 떠나 외해로 향할 것이다. 배는 물가로 쓸려온 잡동사니를 헤치고 끝없이 넓은 바다로 나갈 것이다. 프로펠러가 물을 도리깨처럼 두들기고, 물이 요동치면서 배를 밀어낼 것이다. 배는 지나간 자리에 물거품을 남기며 전진하고, 요동치는 바다가 만든 물이랑 위로 바닷새들이 날아오를 것이다. 어쩌면 배 뒤로 방향 잃은 병 한두 개가 까닥이며 따라갈지도 모르는 일이었다.

14

두 번째 답장

테드 본즈 영감

테드 본즈 영감

잘 들어봐

그의 뼈가 삐걱대는 소리

그의 배가 가라앉은 얘기

탄식을 토하는 선원들

이게 우리 테드 본즈 영감의

슬픈 최후였어.

톰은 노래를 지어냈다. 한 번 지어내니 강박적으로 머릿속을 맴돌았다. 토요일 오후 자전거를 타고 킹 빌리 페리에서 집으로 돌아올 때도 마찬가지였다. 발이 페달을 돌리는 템포로 머릿속에서 노래가 돌아갔다. 발이 속도를 내면 노래도 빨라졌다. 오르막길에서 속도가 줄면 노래도 늘어졌다. 노래를 멈출 수가 없었다.

톰은 가레스 외삼촌에게 페리에서 일한 급료를 받았다. 돈이 든 주머니가 근질근질했다. 이날 마이크는 오후에 반차 휴가를 냈고, 톰 혼자 페리 요금을 걷었다. 오늘은 톰이 일꾼 한 명 몫을 제대로 했다.

톰은 곧장 집으로 가는 대신 포구로 향했다. 그리고 밀물을 점검했다. 바다를 보면서 번 돈을 어떻게 쓸지 궁리했다. 생각은 불가항력적으로 마을의 가게와 거기 판매대 위의 초콜릿으로 흘렀다.

가게가 문을 닫기 전에 얼른 가야 했다. 벌써 해가 뉘엿뉘엿했다. 그런데 붉어지는 햇빛이 문득 뭔가에 부딪혀 반짝 빛났다. 톰은 단박에 알아봤다. 병이었다. 병 하나가 불어나는 물을 따라 표류하고 있었다. 그냥 병이 아니었다. 기다리던 병이었다. 확실했다. 그래야만 했다. 세상에 정의가 있다면, 간절히 바라면 이루어진다는 말이 사실이라면.

테드 본즈 씨가 드디어 답장을 보낸 게 분명했다.

또는 톰이 보낸 편지가 하릴없이 되돌아온 것이거나.

어느 쪽인지 확인할 방법은 하나뿐이었다.

병은 족히 150미터 떨어져 있었다. 아니, 더 멀어 보였다. 톰은 병을 건질 방법을 찾아 다급히 사방을 둘러봤다. 부두 위에서 바닷가재 통발을 만지고 있는 스토비 씨가 눈에 들어왔다.

"스토비 할아버지! 스토비 할아버지!" 톰은 급히 달려갔다. "소형보트 5분만 빌려주세요."

스토비 씨가 의아한 눈으로 톰을 봤다.

"뭐 하게?"

"저 병을 건지려고요."

톰이 병을 가리켰다. 스토비 씨가 바다를 봤다.

"아무 병도 안 보이는데?"

"저기요- 저기요!" 톰이 부르짖었다.

하지만 스토비 씨는 여전히 병을 보지 못했다.

"그나저나 병은 건져서 뭐 하게?"

"그냥요. 보트 좀 빌려주세요. 제발요. 포구 밖으로는 안 나가요."

스토비 씨는 생각에 잠겼다.

"안 돼. 대신 선심 쓰는 셈치고 내가 태워주마. 구명조끼부터 입어라."

톰은 애가 달았다.

"바로 요 앞이에요. 포구 안이에요. 저, 수영 잘해요. 깊지도 않아요."

"빠져 죽을 만큼은 깊어. 말 들어, 인마. 내가 구명조끼도 안 입히고 네 녀석을 배에 태울까 보냐. 그렇게 생각했다면 잘못 생각해도 한참 잘못 생각한 거다. 네 엄마가 알면 날 죽일걸. 두 번 죽일걸. 그러니 구명조끼 입어. 안 입으면 못 가."

톰은 구명조끼를 입었다. 정작 스토비 씨는 입지 않았다. 모범을 보이는 차원 따윈 없었다. 스토비 씨는 선외 모터도 무시했다. 선외 모터까지 동원할 필요는 없었다. 그는 노걸이에 노를 끼웠다. 2분 후 두 사람도 병처럼 바다에 떠 있었다.

스토비 씨는 노를 저으며 건성으로 대화를 시도했다.

"엄마는 어떠시니? 잘 지내시니?"

"잘 지내요."

"누나는?"

"누나도요."

하지만 누나 속이 정말로 어떤지는 톰도 알 도리가 없었다.

스토비 씨가 노를 몇 번 더 젓자 배가 병 옆으로 붙었다. 톰이 몸을 뻗어 병을 바다에서 건졌다.

"특별히 옛날 병은 아닌데? 그런 거 모으니?"

"그런 셈이에요."

톰은 병을 재빨리 로프 다발 뒤에 놓았다. 시야에서 치우는 게 상책이었다. 스토비 씨가 병에 편지가 들어 있는 걸 보거나 눈치 채는 건 달갑지 않았다. 다만 급하게 감추다 보니 톰도 병을 제대로 보지 못했다. 짙은 녹색 유리 때문에 얼핏 봐서는 안에 뭐가 들었는지 알 수 없었다. 궁금해 죽을 지경이었지만 아직은 참아야 했다.

"그거야? 다 된 거야?"

"네, 감사합니다."

"집으로 건져 가고 싶은 쓰레기 더 없어? 비닐봉지는 어때? 낚 싯줄은? 대구 대가리 두어 개도 챙겨 가지그래?"

"병이면 됐어요. 감사합니다."

"좋아." 스토비 씨가 보트를 돌렸다. "또 그런 게 보이면 알려주마."

"감사합니다."

두 사람은 부두에 배를 묶었다.

"바닷가재 통발은 필요 없니?" 스토비 씨가 물었다.

"왜요?"

"장식용으로. 항해 분위기도 나고 좋잖아. 방에 하나 걸어놔. 아니면 가게 장식품으로 쓰든지."

"비린내 나지 않을까요?"

"냄새야 없어지지."

"엄마가 좋아하실지 모르겠어요."

"어쨌든 줄 테니까 엄마가 뭐라고 하는지 봐봐."

"감사합니다."

톰이 구명조끼를 건네자 스토비 씨가 조끼를 보트 안에 던져 넣었다. 톰은 스토비 씨에게 한 번 더 감사를 표하고 낡은 바닷가재 통발을 받았다. 그리고 자전거를 끌고 집으로 향했다. 통발이 자전거 핸들에서 덜렁거렸다. 병은 통발 안에 있었다.

톰은 집에 도착해서 바닷가재 통발은 온실에 놓아두고 자전거를 헛간에 넣었다. 엄마는 작업 중이었다.

"다녀왔습니다!"

"뭐 하나 끝내는 중이거든." 엄마가 말했다. "금방 들어갈게. 누나는 집에서 저녁 안 먹는대. 과제 끝내고 존네 집에 갈 거래."

마리는 남자친구가 있었다. 남자친구 집에서 저녁을 먹는 모양이었다. 저녁 먹고 나서는 둘이 포구 근처를 빈둥대겠지. 벤치에 앉아 달을 쳐다보려나. 톰은 둘이 함께 있는 걸 본 적이 있었다. 둘은 손을 잡고 있었다. 메스꺼운 광경이었다.

톰은 방으로 올라가서 병을 책상 위에 세웠다. 그리고 모래에 긁혀 거칠어진 유리를 만져봤다.

병에 편지만 담겨 오는 건 아니야. 톰은 손가락으로 병 표면을 쓰다듬으며 생각했다. 병에는 지니(아랍 신화에서 호리병 안에 사는 정령:옮긴이)도 있어. 이야기에 따르면, 일단 마개가 열리고 정령이 밖으로 나오면 그걸로 끝이다. 정령들을 다시 병에 집어넣을 방법은 없다. 정령들이 세상에서 말썽과 행패를 부리고 다녀도, 후회만이 할 수 있는 전부다.

하지만 톰은 자기가 병마개를 열리란 걸 알고 있었다. 어떤 결과가 닥치더라도.

15
바다친구에게

사람들이 병에서 기대하는 건 대개 음료수다. 물, 포도주, 레모네이드, 맥주. 때로는 약을 기대한다. 기침약 같은 거. 하지만 병을 땄을 때, 거기서 말이 쏟아질 것이라 기대하는 사람은 없다.

톰은 방으로 돌아와 병마개를 비틀어 열었다. 익숙한 바다 냄새가 올라왔다. 짜고 퀴퀴하고 텁텁하고 비린 냄새였다. 그물과 낡은 목재와 갯바위 웅덩이에 들러붙은 홍합과 해변에 밀려온 해초의 냄새였다.

병에는 전처럼 찢어진 돛 조각이 들어 있었다. 가장자리 올이 풀린 캔버스 천 조각이 단단히 말려 있었다. 톰은 병을 거꾸로 들고 흔들었다. 카펫 위로 물이 방울방울 떨어졌다. 병 밖으로 캔버스 천이 비죽 튀어나왔다. 톰은 엄지와 검지로 집어서 천을 빼냈다. 천은 축축하고 차가웠다. 소금 결정체가 허옇게 붙어 있었다. 톰은 소금 가루를 먼지 털듯 털어내고 캔버스 천을 조심조심 폈다. 얇은 천은 금세 바스러질 듯 연약했다.

편지가 어디서 왔는지, 어떻게 도착했는지는 더 이상 톰의 관심
사가 아니었다. 망자가 발신자가 되어 편지를 보내는 게 가당한
가의 문제도 더 이상 관건이 아니었다. 그런 건 중요하지 않았다.
어차피 우주는 미스터리와 불가능성으로 가득하다. 거기에 하나
더 추가된다고 뭐가 달라져? 톰이 궁금한 건 편지에 쓰여 있을 내
용이었다. 이번 편지는 어떤 말을 쏟아낼 것인가.

바다친구에게,

다시 소식을 듣게 돼 기뻤다네. 지금쯤 자네도 뼈저리게 느끼겠
지만, 편지 보내는 방법치고 병 편지는 그다지 능률적인 편이 못
돼. 하지만 어쩌겠나. 여기 데이비 존스의 함에 있는 우리 늙은 선
원들에겐 이 방법이 유일한 방법인 것을. 여기서는 편지를 보내고
싶어도 우편마차나 전령 비둘기나 파발마를 이용하는 게 불가능
해. 해마도 도움이 안 돼. 편지가 해마보다 크니 가능할 턱이 있나.

하지만 걱정 말게. 자네의 답장은 받을 사람에게 잘 왔으니 말
이야. 돌고 돌다가도 결국은 나한테 오게 돼 있어. 여기서는 선원
끼리 형제처럼 터놓고 지내거든. 실제로 친형제일 수도 있지만. 여
기서는 편지 한 통도 언제나 두루 돌려봐. 하지만 수신인이 테드
본즈라는 것만 잊지 말고 명시하면 잃어버릴 염려는 없어.

그건 그렇고, 자네가 목 빼고 기다리는 게 상상되는군. 답장이
언제 오나, 목이 한 뼘은 늘어났겠어.

자네가 요전번 편지에 문의한 것 말일세. 새뮤얼 펠로우라는 선

원에 대해 물었지. 자네와 그 선원과의 관계는 설명이 없었으니 잘 모르겠네만, 말에 애정이 담긴 걸로 봐서는 특별한 사람인가 보군. 잊지 않고 그리워한다는 말을 꼭 전하고 싶어 하는 인상을 받았어. 여기 있는 뱃사람이라면 누구나 듣고 싶어 하는 말이지.

이 테드 본즈는 말이야, 말을 전해달라는 부탁을 받으면 반드시 전하는 사람이거든. 직분과 사회적 의무를 다하는 길이라면 그 길에 어떤 장애물이 있든 절대 굴하지 않아.

그런데 말이야, 친구, 자네도 알겠지만 여기 데이비 존스의 함은 어마어마하게 넓은 곳이야. 동굴과 난파선과 산호초가 끝없이 즐비한 곳이지. 뭐라도 조사를 하거나 설문을 돌리거나 바깥세상 소식을 두루 전달하려면 시간이 여간 걸리는 게 아니거든.

그게 답장이 늦은 두 번째 이유일세. 이 테드 본즈가 게을러서 그런 게 결코 아니란 말씀이지. 오히려 반대로 무지하게 열심히 알아보고 있었지.

어쨌거나 할 말은 하겠네, 친구. 오해 없이 들어주기 바라네. 나는 그동안 촉수를 있는 대로 가동했네. 문어처럼, 아니 몇 킬로미터씩 길게 너울대는 해파리처럼 말이야. 사방에 말을 전했고, 귀를 소라고둥처럼 세우고 답이 오기를 기다렸어.

하지만 친구, 아무리 알아봐도 답은 오지 않더군. 여기 있는 누구도 새뮤얼 펠로우라는 선원과 알고 지낸다는 치가 없어. 그런 이름을 들어봤다는 치가 몇 명 있고, 옛날 동료 선원 중에 그런 사람이 있었다는 치가 몇 명 있을 뿐이야. 하지만 막상 여기 데이비 존스의 함에 그런 선원이 있다는 소식은 없어.

내 생각에는 말이야, 친구, 혹시 자네가 사람 이름을 잘못 알고 있거나 사실관계를 잘못 알고 있는 게 아닌가 싶어. 여기에 새뮤얼 펠로우라는 사람이 없다는 건 그 사람은 바다가 삼킨 게 아니라는 뜻이야. 아직도 그쪽 세상에 살아 있거나, 육지에서 생을 맺고 어딘가 교회 묘지에 잠들어 있다는 얘기지. 만약 그렇다면 그곳이 너무 내륙은 아니길 비네. 그 사람이 해안에서 너무 멀지 않은 곳에 있길. 뱃사람은 바다 곁에 있어야 해. 죽더라도 바다가 바라다보이는 곳에 있어야 해. 비록 더는 항해할 수 없는 몸이 됐더라도 발만은 바다를 향하고 있어야 해.

더 확실한 소식을 전해주지 못해 미안하네, 친구. 내가 말할 수 있는 건, 자네가 찾는 새뮤얼 펠로우가 어디에 있든 그 사람은 이곳 데이비 존스의 함에는 없다는 걸세. 자네가 다른 곳에서 그 사람을 찾게 되길 바라네.

몸조심하고 잘 있게, 친구. 이 테드 본즈가 바다친구를 위해 더 도울 일이 있다면 뭐든 좋으니 말만 하게. 부탁해서 나쁠 건 없지. 정중하게 부탁하기만 한다면야. 지금껏 그랬던 것처럼.

항상 즐거운 항해와 좋은 날씨를 기원하네.

데이비 존스의 함에 있는 자네의 바다친구,

테드 본즈로부터.

톰은 일어나서 바람이 드는 창문을 닫았다. 그리고 라디에이터로 가서 만져봤다. 라디에이터는 뜨거웠다. 가동 중이었다. 그런데 왜 이리 춥지? 톰은 불현듯 견딜 수 없이 추웠다.

톰은 손에 입김을 불었다. 하지만 한기가 손에서 오는 건 아니었다. 한기는 속에서 올라왔다. 몸속 깊이에서, 가슴 한복판에서, 심장에서.

내 생각에는 말이야, 친구. 혹시 자네가 사람 이름을 잘못 알고 있거나 사실관계를 잘못 알고 있는 게 아닌가 싶어. 여기에 새뮤얼 펠로우라는 사람이 없다는 건 그 사람은 바다가 삼킨 게 아니라는 뜻이야.

하지만 말도 안 되는 소리였다. 아빠가 실종된 지 1년도 넘었다. 아빠가 탔던 배가 침몰했다. '선원 모두와 함께'. 선원 모두와 함께. 구조된 사람은 한 명도 없었다. 몇 날 며칠을 수색했지만 한 사람도 발견되지 않았다. 단 한 사람도.

톰은 편지를 다시 읽었다. 그리고 방 안을 서성였다. 이제 어떻게 하지? 누구한테 말하지? 지금, 당장, 바로, 엄마한테 말해야 하지 않을까? 이 믿을 수 없고, 환상적이고, 놀라운 소식을 당장 엄마한테 알려야 하지 않을까…?

아니, 그럴 수 없다. 왜냐하면 이 소식은 말 그대로 믿을 수 없는 소식이기 때문이다. 이게 어떻게 사실일 수 있어?

그럼 마리 누나? 누나한테 털어놓을까? 같은 집에 살 뿐 마리와 톰은 함께 하는 일이나 함께 보내는 시간이 별로 없었다. 마리는 더는 어리지 않았고, 따로 친구들이 있었다. 마리에게 톰은 이제 성가신 남동생일 뿐이었다. 하지만 마리는 여전히 톰의 누나였다.

확신이 서지 않았다. 톰은 서랍장으로 가서 처음 발견한 편지를 꺼냈다. 두 통의 캔버스 천 편지. 그 위에 거미 다리처럼 가늘게 휘갈겨 쓴 글씨. 분명 같은 글씨였다. 톰은 복도로 나가 마리의 방문을 두드렸다. 안에서 소리가 들렸다. 마리는 아직 집을 나서기 전이었다.

"누나-"

"왜 그래? 나, 통화 중이야."

통화 중이 아닌 때도 있었나? 마리는 전화와 분리돼 있을 때가 드물었다.

"잠깐 들어가도 돼?"

방문 너머에서 마리가 휴대폰에 대고 말하는 소리가 들렸다.

"베키, 잠깐만. 성가신 동생 납셨다."

방문이 신경질적으로 불쑥 열렸다. 머리를 핀으로 올리고 손에 휴대폰을 든 마리가 나타났다.

"뭔데?"

"누나- 나, 잠깐 할 말 있어. 아빠에 관한 건데….”

마리는 짜증이 올라오는 얼굴로 톰을 보다가 휴대폰을 다시 귀로 가져갔다.

"베키, 내가 5분 있다가 다시 전화할게. 괜찮지? 그래, 쫌만 기다려." 마리는 전화를 끊었다. "뭔데?"

"들어가도 돼?"

"좋아. 대신 아무것도 건드리지 마. 그리고 빨리 끝내. 나, 나가야 돼."

마리의 방은 난장판이었다. 옷이며 책이며 사방에 널려 있었다. 어째서 여자들이 깔끔하다는 건지, 톰으로서는 납득 불가였다. 다른 여자는 몰라도 톰의 누나는 해당사항 없었다.

"거기 말고! 책 위에 앉으면 어떡해!"

마리가 책을 옮겼다.

"좋아. 뭔데?"

톰은 캔버스 천을 펼쳐서 마리한테 내밀었다.

"읽어봐."

마리는 천 조각에 손대고 싶어 하지 않았다.

"뭔데 그래? 냄새가 고약해. 비린내 나."

"편지야. 아빠에 관한 거야."

마리는 동생을 노려봤다. 눈에 얼핏 노기가 스쳤다. 분노가 아니어도, 적어도 짜증은 확실했다.

"그게 무슨 소리야? 편지? 누가 보낸 편지?"

"내가 발견했어."

"어디서?"

톰은 말하고 싶지 않았다. 하지만 선택의 여지가 없었다.

"바다에서 주운 병에 들어 있었어."

마리가 웃음을 터뜨렸다. 하지만 웃겨서 웃는 웃음은 아니었다. 어이없고 가당찮다는 웃음이었다. 살짝 화가 난 것 같기도 했다.

"뭐?"

"일종의 실험이었어." 톰이 설명했다. "그냥 한 번 해봤어. 병에 편지를 넣어 바다에 던졌어. 근데 진짜 한참 만에 답장이 온 거야. 그래서 또 보냈어. 그랬더니 오늘 이게 또 왔어. 읽어봐. 읽어보면 알아. 여기 먼젓번 답장도 있어."

톰은 소중한 답장 두 개를 모두 내밀었다. 그동안 방에 숨겨놓았던 첫 번째 답장은 부분적으로 말라 있었다. 빛이 차단된 곳에 있었는데도 잉크가 벌써 희미해지고 있었다.

"첫 번째 것부터 읽어봐." 톰이 말했다.

마리는 철부지 동생을 보는 누나의 거만한 표정으로 톰을 응시했다. 하지만 편지들을 읽으면서 얼굴이 굳었다. 심각한 표정에서, 괴로운 표정으로, 다시 화난 표정으로 변했다.

"무슨 이따위 장난이 있어?"

톰은 고개를 저었다.

"이런 거 하나도 재미없거든?" 마리가 말했다. "역겹다, 역겨워."

"내가 발견한 거야. 지어낸 소리가 아니야. 아빠는 죽지 않았어, 누나. 아빠는 살아 있어!"

마리가 일어났다. 이제는 머리끝까지 화가 나 있었다. 마리는 캔버스 천 조각들을 침대 위에 내던졌다.

"누나!" 톰은 다급히 외쳤다. "그러지 마!"

톰은 편지들을 조심스럽게 회수했다.

"내가 미쳐. 톰, 이거 네가 지어낸 거잖아. 너, 무슨 판타지 놀이 하니? 무슨 희망사항 놀이 해? 네가 아빠 보고 싶어 하는 거 알아. 나도 보고 싶어. 엄마도. 우리 모두 그래. 그렇다고 이런 짓을 해? 야 톰, 이런다고 아빠가 돌아와? 이게 무슨 소용인데?"

마리의 분노는 이 지점에서 연민으로 변했다. 마리의 목소리가 눅눅하게 가라앉았다.

"톰, 이해 못 하는 건 아냐. 이해해."

"아니야!" 톰은 악을 썼다. "바로 그게 문제야! 누나는 이해 못 해! 나한테 누나 행세 좀 하지 마! 제발 그만 좀 해! 내가 한 게 아니라니까! 내가 한 게 아니야, 누나. 절대 아니야. 내가 편지를 쓴 게 아니야. 바다에서 왔다고. 바다에서!"

마리는 표정 없는 얼굴로 톰을 봤다. 생각하는 얼굴이었다.

"내가 한 게 아냐, 누나."

톰의 목소리에 주장과 애원이 동시에 실렸다. 믿어주기를 죽어라 바라는 목소리였다.

"내가 한 게 아니야."

마리는 계속 톰을 노려보기만 했다. 말없이. 믿지 못하겠다는 얼굴로. 톰이 편지들을 두 손에 모아 들었다. 그 모습에 마리는 울컥 동생이 가여워졌다. 슬픔도 북받쳤다. 어쨌든 톰은 동생이었다. 마리는 동생을 끌어안을 것처럼 움직였다. 하지만 그때-

톰이 말했다. "이거… 엄마한테 말할까?"

이 말이 마리의 뇌관을 건드렸다. 마리는 자제력을 잃고 폭발했다. 마리의 속에서 이름도 붙일 수 없는 감정들이 들끓었다. 톰은 그 순간 누나가 자기를 때리려 한다고 생각했다. 마리가 얼굴을 톰의 얼굴에 바싹 들이댔다. 톰은 마리의 숨 냄새를 맡았다. 마리의 입가에서 침이 끓었다. 마리가 경고의 손가락을 치켜들었다.

"그러기만 해!" 마리가 말했다. "엄마가 힘들었던 거 몰라서 그래? 엄마한테 말하기만 해. 정신이 있어, 없어? 어디서 그런 잔인한 소리가 나와?"

"하지만 누나, 편지에… 아빠가 거기 없대… 아직 여기 있대… 아직…."

"톰, 이 멍청한 놈아. 너, 왜 이렇게 철딱서니가 없어? 이건 장난이야. 보면 몰라? 누가 네 유리병을 발견하고 이딴 거지발싸개 같은 소리를 써서 보낸 거야. 너 보라고 보낸 거라고. 이건 장난이야. 더럽고 구역질나는 장난."

톰은 망연자실해서 마리를 쳐다봤다. 이건 생각해보지 못한 가능성이었다. 테드 본즈 씨의 두 번째 편지가 가짜, 아니 거짓말일지 모른다는 생각은 해보지 못했다. 톰은 그 가능성을 잠깐 짚어보다가 이내 머리에서 털어버렸다. 아니야. 누가 그런 짓을 해. 그런 짓을 할 사람은 없어.

"하지만 다른 사정이 있을 수 있잖아. 우리가 잘 몰라서…."

"모르긴 뭘 몰라? 톰, 만약은 없어. 죽은 사람이 바다 밑에서 편지를 쓰는 일은 없어. 역겨운 장난일 뿐이야. 누가 엿 날리는 거야. 다른 건 없어. 다 그지 같은 장난이야. 그리고 엄마한테는 절대 보여주면 안 돼. 절대. 그랬다간 내 손에 죽을 줄 알아. 알았어? 알아들어? 약속해."

톰은 눈물이 차오르는 걸 느꼈다. 하지만 눌러 참았다. 그리고 고개를 끄덕였다.

"약속한 거다?"

"약속해. 약속해."

그때였다. 놀랍게도 마리가 정말로 톰을 끌어안았다. 마리는 동생을 짜부라지게 껴안았다. 톰은 온몸의 공기가 죄다 **빠져나가** 숨도 쉬지 못할 지경이었다.

"톰. 으이그, 인마."

마리는 더는 아무 말도 하지 않았다. 다른 말은 필요 없었다. 톰도 누나한테 팔을 둘렀다. 둘은 서로를 끌어안고 한동안 그렇게 서 있었다. 그러다 팔을 풀고 눈물을 훔쳤다.

톰은 캔버스 천 조각들을 다시 말아서 손 안에 감추듯 들었다.

"미안해, 누나."

"네 잘못이 아냐. 누군지 몰라도 이딴 짓을 하는 인간이 문제지. 도대체 어떤 인간이 이런 잔인한 짓거리를."

"내가 알아서 할게."

말은 그렇게 했지만 톰은 이제 무슨 말을 할지, 무엇을 해야 할지 알 수가 없었다.

"그냥, 무시하지 뭐."

"좋았어. 난 베키한테 전화해야겠다."

"그래, 미안해."

"네 잘못 아니야, 톰. 네 잘못 아니야."

톰은 방으로 돌아와 문을 닫았다.

이게 내 잘못이 아니면 누구 잘못이겠어? 톰은 생각했다. 적어도 어떤 면에서는 내 잘못이야. 다 내가 시작한 일이야. 내가 유리병 편지를 바다에 던졌기 때문에 시작된 거야. 정말 아무 생각 없이 한 건데. 그냥 재미 삼아 한 건데. 그러다 이 사달이 난 거야.

톰은 책상에 앉아 편지 두 통을 다시 읽었다. 읽다 보니 화가 치밀었다. 이건 부당해. 속에서 쓰라린 감정이 치밀었다. 누나 말이 맞아. 이 편지들이 진짜일 리 없었다. 누군지 몰라도 용서 못 할 장난질을 하고 있다. 바다 밑 망자 테드 본즈를 가장해서. 끔찍한 짓이다. 천벌 받을 짓. 이런 가당치 않은 소리를 지어내는 것. 아빠의 배가 바다 밑으로 가라앉은 지 1년도 넘었는데 아빠가 아직 살아 있다고 말하는 것. 사람이 할 짓이 아니다.

톰은 누가 이런 짓거리를 했는지 알아내리라 마음먹었다. 그냥 넘길 수 없었다. 가만 놔둘 수 없었다. 톰은 어떤 인간이 감히 가족을 잃은 사람들을 조롱하는지 밝혀내기로 했다. 그래서 세상 만천하에 알리고 망신을 주기로 작정했다.

16
적당한 미끼

톰의 유리병을 건진 인간이 누구든, 한 명이 병 모두를 주운 건 아니었다. 그중 하나는 R.D.가 발견했으니까. 외계인이 보낸 것처럼 쓴 편지. '무식한 자여' 편지가 든 병이나 '복권 당첨' 편지가 든 병을 건진 사람은 아무도 없는 듯했다. 그 병들은 어떻게 됐을까? 그리고 도예공방 명함을 넣은 꽃병은 어떻게 됐을까? 엄마의 공방에서 가져온 불량품 꽃병. 다들 아직도 망망대해를 떠돌고 있을까, 아니면 바다 밑으로 가라앉았을까? 어떻게 자칭 '테드 본즈'가 연달아 편지를 발견했지? 순전히 운이었나? 아니면 조수의 흐름 때문에? 아니면 괴한이 절벽 아래에서 몰래 지켜보다가 톰이 돌아서는 순간 잽싸게 썰물에서 병을 건져냈나? 하지만 대체 어떤 할 일 없는 인간이 그런 짓을 할까?

톰은 다음 주말에도 가레스 외삼촌을 도우러 강어귀 건널목으로 갔다. 페리를 타고 강을 왕복하고 있으면 왠지 마음이 가라앉았다. 단조롭고 반복적인 일에는 확실히 진정 효과가 있었다. 톰은 외삼촌이 페리를 좋아하는 이유를 조금은 알 것 같았다. 변화에 대한 갈망도 나쁠 건 없다. 하지만 때로 사람들은 막상 변화가 오면 원래 상태로 돌려놓고 싶어 한다. 때로는 구태의연함이 위안이 되기도 한다.

페리가 선착장을 벗어나 주변이 조용해지면 가레스는 낚싯대를 꺼내 뱃전 너머로 드리웠다. 하지만 한참 동안 잡히는 물고기가 없었다. 가레스는 낚싯줄 하나를 감아올려 은색 인조 미끼를 빼고, 진짜 미끼를 물린 낚싯바늘을 끼웠다. 그러자 물고기가 단박에 물었다. 이번에는 인조 미끼가 물고기를 유인하는 데 실패했다. 이번에는 진짜 미끼가 먹혔다.

"봐라, 톰. 놈들이 오늘 원하는 건 이거였어. 뭔가를 잡으려면 말이야, 적당한 미끼를 던져야 하는 법이거든."

그래, 그게 핵심이야. 적당한 미끼. 그게 필요해. 톰은 생각했다.

페리는 선착장에서 선착장으로 강 위를 지그재그로 움직였다. 톰은 강 가운데에 올 때마다 눈을 들어 상류 쪽을 봤다. 두 척의 거대한 배는 여전히 출항 명령을 기다리며 로즈 헤이븐에 정박해 있었다.

"저 사람들, 아직도 페인트칠하네요."

"배 덩치를 봐라, 평생 칠해도 모자랄 거다." 가레스가 비웃었다. "딱 사람 진 빼는 일이지, 저런 일이."

멀리 보이는 두 남자, 꺽다리와 작다리는 이날도 선체에 매달려 작업 중이었다. 사포와 롤러와 붓과 페인트통과 씨름하면서 배를 산뜻한 회색으로 칠하고 있었다. 두 사람이 올라탄 작업대의 위치가 전보다 옆으로 이동했다. 두 남자는 서서히 뱃머리에 접근하고 있었다. 1~2주 후면 배 반대편으로 돌아가 다시 뱃고물 쪽으로 움직이기 시작할 듯했다.

페리가 브렌트 선착장에 닿았다. 대형 화물선들이 다시 강굽이 너머로 모습을 감췄다.

작업대 위의 두 남자는 말없이 일만 했다. 둘은 말을 많이 하지 않았다. 의사소통 수단 자체가 제한적이었다. 둘이 함께 아는 단어가 많지 않았다. 다른 문제도 있었다. 케오의 동료에겐 장애가 있었다. 전에 갑판에서 물로 떨어진 사고로 부상을 당하면서 기억장애가 왔다. 기름통인지 목재인지 바다에 있던 무언가에 머리를 부딪힌 탓이었다. 그는 가끔씩 상대를 공허한 표정과 멍한 눈으로 쳐다봤다. 모르는 사람을 보듯이. 또는 생각나지 않는 듯이. 또는 자신이 있는 곳이 어딘지, 여기서 무엇을 하고 있는지 모르겠다는 얼굴로.

"찰리, 오케이?" 케오는 그럴 때마다 물었다.

그러면 찰리는 알아보려 애쓰는 눈으로 케오를 봤다. 이처럼 거대한 배가 어쩌다 이렇게 한적한 곳에 들어와 있으며, 두 사람은 또 어쩌다 까마득히 높은 곳에 매달려 세상을 회색으로 칠하고 있는 건지 기억하려 애쓰는 눈으로.

"찰리, 오케이? 괜찮아?"

찰리의 얼굴에서 당혹감이 걷히고 대신 희미한 미소가 번졌다.

"괜찮아. 케오도 괜찮아?"

"오케이, 찰리. 우리 둘 다 오케이."

이렇게 또 한 차례의 고비를 넘으면 두 남자는 다시 일에 몰두했다. 둘은 휴식 시간까지 배를 사포로 밀고, 털고, 문질러 닦고, 페인트를 칠했다.

"찰리, 이제 올라갈까? 오케이? 차 끓이러?"

덩치 큰 선원이 고개를 끄덕이면, 두 남자는 도르래 장치를 이용해 작업대를 조심조심 위로 이동시켰다. 그리고 20분간 휴식했다.

미끼. 필요한 건 그거였다. 어떤 미끼를 던지느냐가 중요하다. 가레스 외삼촌의 말처럼, 상대를 열린 곳으로 꾀어내려면 상대가 거부할 수 없는 미끼를 던져야 한다. 다만 톰이 잡아야 할 물고기는 고등어보다 큰 물고기였다. 아니, 톰은 물고기가 아닌 물고기를 쫓고 있었다.

그래, 그거야. 너의 빵을 물 위에 던져라. 이날 저녁 톰은 생각했다. 이번에는 조용히 지켜보며 기다리자. 조용히 숨어서 동태를 살피고 상황을 보자. 누가 병을 가지러 오는지 보자. 누가 물 위로 올라와 미끼를 무는지 보자.

테드 본즈 행세를 하는 인간이 누굴까? 대체 누구길래 톰의 아빠 새뮤얼 펠로우는 바다로 가라앉지 않았다고, 바다 밑 망자들 사이에 있지 않다고 지껄이는 걸까? 배가 침몰한 지 1년이 넘었는데. 선박회사에서 편지가 오고, 보상금이 지급되고, 소용도 의미도 없는 사과의 말들이 이어진 지 1년도 넘었는데.

적당한 미끼를 쓰면 이 질문의 답을 찾을 수 있을 거야. 제대로 된 낚싯바늘에 제대로 된 미끼를 달아야지. 그래야 바라는 물고기를 잡을 수 있어. 그래야 놈을 낚아 올릴 수 있어. 약간의 술수와 간계가 필요해.

본즈 씨에게.

귀하의 편지를 무사히 발견해서 소식을 읽었습니다. 그런데 도저히 믿기지 않습니다. 분명 착오가 있는 듯합니다. 그곳에 내뮤얼 펠로우라는 사람이 없다고 하셨는데 그럴 리 없습니다. 그 사람이 탄 배가 승무원 전원과 함께 침몰했고, 생존자는 아무도 없었거든요. 신문마다 기사가 났고, 수색 활동이 대대적으로 벌어졌지만 소용없었습니다. 그게 벌써 1년 전 일입니다.

본즈 씨, 가능하면 본인에 대해 좀 더 자세히 말씀해주실 수 있나요? 제 편지는 어떻게 발견하시는 거며, 답장은 어떻게 보내시는 건가요? 정말 바다 밑에 계신 거 맞나요? 아니면 다른 데 계시나요? 무례하게 굴 맘은 없습니다. 의심한다고 생각하지 말아주세요. 하지만 본즈 씨, 궁금합니다. 혹시 꾸며내시는 건 아닌가요? 귀하가 정말 테드 본즈 씨가 맞는지, 혹시 여기 마른 땅에 멀쩡히 살아 계시는 분은 아닌지 궁금합니다.

말씀해주세요, 본즈 씨. 제 편지들은 어떻게 발견하시는 건가요? 제 편지를 우연히 한 번은 발견할 수 있습니다. 하지만 두 번이나 발견했다는 건 우연으로 보기 어렵습니다. 어떻게 하시는 건가요, 본즈 씨? 바다는 한없이 넓고 유리병은 너무나 작으니까요.

부디 답장을 보내주세요. 내뮤얼 펠로우에 대해 어떻게 그렇게 확신하시는지 말해주세요. 솔직히 말해서, 이미 죽은 사람을 두고 그 사람이 아직 세상에 있다고 말하는 건 아주 잔인한 일입니다. 남은 사람들이 겪었을 고통을 생각하면 말이죠.

본즈 씨. 저는 귀하를 선하고 친절한 분으로 믿고 싶습니다. 누구의 감정도 상하게 할 마음 없습니다. 하지만 정말로 믿기 힘든 말도 있지 않습니까? 특히 지금껏 사실로 알고 있던 것과 다른 말이라면 더 그렇습니다.

어떤 설명이라도 좋습니다. 설명이 가능하다면 다음 답장으로 알려주시기 바랍니다.

귀하의 유리병 편지 친구,

톰 펠로우 드림.

톰은 편지를 읽어봤다. 개선할 점이 당장 몇 군데 보였다. 하지만 톰은 단어 하나도 고치지 않았다. 이걸로 충분하다. 차라리 이대로가 낫다. 불완전한 편이 더 좋다. 구구절절 풀거나 다른 말로 바꾸거나 더 나은 말을 찾아봤자 의미 없다. 말하고자 하는 바만 전달하면 그만이다. 중요한 건 그뿐이다. 그리고 편지의 말투는 별로 세지 않았다. 화내는 편지가 아니었다. 도리어 너그러운 말투였다. 용서의 여지를 남겼다. 본즈 씨가 과오를 인정하면 봐주겠다는 분위기를 깔았다.

테드 본즈, 아니 자칭 테드 본즈라는 인간의 허를 찌를 방법도 있었다. 톰은 이번에는 지켜볼 작정이었다. 이번에는 니들 록에 쌍안경을 들고 올라가서, 그리고 굴뚝바위 뒤에 숨어서, 병이 파도에 실려 바다로 나가는 것을 지켜볼 생각이었다.

이번에는 지켜보리라. 누가 병을 가지러 오는지. 어떤 손이 물에서 솟아나 병을 낚아채 바다 밑으로 가져가는지.

물론 그것보다는 다른 걸 보게 될 가능성이 높았다. 그것보다 평범하고, 이치에 맞고, 논리적인 진짜 설명. 현실적인 배에 탄 현실적인 사람이 나타나 물에서 병을 건져내는 광경. 은밀한 눈초리에 음흉한 미소가 걸린 얼굴. 그랬다. 톰은 무엇을 목격하게 될지 대충 짐작이 갔다. 얼마 후면 의심을 사실로 확인할 기회를 잡을 수 있을 터였다.

일요일이 왔다. 마리 누나는 친구 집에 갔고, 엄마는 도기를 만들며 가게 문에서 울리는 종소리에 귀를 세우고 있었다.

"엄마, 나 산책 나가요. 포구에 가서 한 바퀴 돌고 올게요."

"그래." 엄마가 말했다. "대신-"

다음 말은 뻔했다. 조심해. 말할 필요도 없는 말.

"다녀올게요."

"다녀와라, 톰."

톰은 집을 나섰다. 배낭에는 편지를 넣어 단단히 봉한 유리병과 쌍안경이 들어 있었다.

톰은 포구를 한 바퀴 돌고 나서 해안 산책로를 타고 니들 록으로 올라갔다. 언제나처럼 절벽은 앉아 있거나 급강하하거나 바람에 떠다니는 갈매기들로 가득했다. 갈매기들이 날갯짓도 없이 연처럼 바다 위를 활주했다.

톰은 앉아서 기다렸다. 바위에 쪼그리고 앉아서 바다의 검은 심연과, 하얗게 부서지며 해안을 향해 달려오는 파도와, 바위에 부딪혀 소용돌이치는 물거품을 내려다봤다.

한 시간이 지났다. 그보다 더 지났다. 조수가 느슨해졌다가 방향을 바꿨다. 톰은 집에서 챙겨 온 샌드위치와 과일 주스를 먹고 마시며 계속 기다렸다. 쌍안경을 눈에 대고 바다를 살폈다. 귀항하는 저인망어선들이 보였다. 소형 유람선들도 포구로 향하고 있었다. 멀리 수평선 위로 유조선 한 척이 떠갔다.

오후가 저녁으로 바뀌었다. 바닷물이 빠지기 시작했다. 남실바람에 실려 엷은 안개가 일었다. 부표가 경고음을 울렸다. 경고음은 실종자와 망자 들을 끝없이 애도하는 장례의 종소리 같았다.

마침내 기다리던 순간이 왔다. 물 흐름이 딱이었다. 톰은 배낭에서 유리병을 꺼냈다. 마개가 제대로 박혔는지 다시 확인했다. 병을 내려놓고 돌멩이를 몇 개 집어서 던지기 연습을 했다. 그리고 병을 들었다. 병목을 잡고 팔을 뒤로 젖혔다가 바다를 향해 최대한 멀리 던졌다.

물이 첨벙 튀는 게 보였다. 톰은 시선을 그 지점에 고정한 채로 쌍안경을 눈에 대고 초점을 맞췄다. 병이 보였다. 병이 까닥거리며 조수를 타고 먼바다로 떠가고 있었다.

톰은 굴뚝바위 뒤로 들어가 몸을 숨겼다. 그리고 쌍안경을 바위에서 선반처럼 튀어나온 곳에 얹었다. 잠복 시작. 톰은 완전히 사라졌다. 어디선가 정말로 지켜보는 사람이 있더라도 톰의 모습을 볼 수는 없었다. 톰의 손은 떨리지 않았지만 맥은 마구 뛰었다.

톰은 쌍안경에 눈을 대고 병을 시야에서 놓치지 않으려고 노력했다. 하지만 쉽지 않았다. 병은 파도 아래로 또는 검은 소용돌이 속으로 사라졌다가 다른 지점에서 다시 나타나기를 반복했다. 톰은 그때마다 이리저리 병을 찾아야 했다.

병은 먼바다로 표류했다. 그렇게 몇 분이 흘렀다. 15분, 30분. 톰은 아직 병을 놓치지 않았다. 하지만 병이 점점 작아져서 따라가기가 점점 어려웠다. 언제라도 시야에서 사라져버릴 것만 같았다. 톰은 목이 뻐근했다. 팔도 저렸다. 손도 시렸다.

먼바다에서 안개가 밀려오고 있었다. 안개는 다가오면서 점점 짙어졌다. 바다에서 물이 빠지면서 하늘에서도 빛이 빠르게 사그라졌다. 해가 넘어가고 있었다. 어스름이 내리는 동시에 노을이 숨 막히도록 붉고 거대하게 번졌다.

톰은 쌍안경에서 눈을 떼지 않고 끈질기게 병을 추적했다. 병이 아직도 보였다. 하지만 병뿐이었다. 병을 건져 올리는 손도 없고, 병을 심연으로 채가는 유령도 없었다. 아무도, 어떤 것도 얼씬하지 않았다.

그런데 그때-

그때였다….

안개와 어둠 속에서 뭔가가 소리 없이 나타났다. 어디선지 모르게, 불쑥, 아무 데도 아닌 곳에서. 마치 다른 차원에서 넘어오듯이.

배였다. 작은 배였다. 로우보트였다. 배 위에 사람의 형체가 있었다. 옷으로 무겁게 몸을 감싸고 모자를 눈 위로 푹 눌러쓴 사람이었다.

배가 안개를 뚫고 나왔다. 배 위의 형체는 꾸준하고 신속하게, 그리고 힘차게 노를 저었다. 헤매는 모습이 아니었다. 목적지가 뚜렷한 움직임이었다.

톰은 지켜봤다. 배에 탄 사람을 알아보려고, 뱃머리에 쓰인 배 이름을 읽으려고 무진장 애썼다. 뭐라고 쓴 거지? 배 자체도, 배에 홀로 앉아 있는 남자도 어딘지 으스스하게 낯익었다. 평생 알아왔던 것처럼 친숙했다. 무의식에서 들춰낸 기억, 흐릿해진 과거의 이미지 같았다.

어디로 향하는 거지? 안개와 어둠이 내리는 바다에 혼자 나와서 어디로 가는 거지? 이런 바다에 나가는 사람은 없었다. 썰물에, 거기다 이런 날씨에, 저렇게 허술한 배를 타고 바다에 나가는 사람은 없었다. 그건 화를 자초하는 일이었다.

하지만 남자는 결연히 노를 저었다. 어디로 갈지, 무엇을 할지 확실히 아는 모습이었다.

배는 병으로 향하고 있었다.

톰은 바위 뒤에서 손이 시린 것도 몸이 불편한 것도 잊었다. 더 자세히 보려고 목을 있는 대로 **빼**는 바람에 쌍안경을 받친 팔꿈

치가 바위를 파고들었지만 아픈 줄도 몰랐다.

배에 탄 사람이 누구지? 누구지?

얼핏 스토비 씨 같기도 했다. 그랬다. 남자는 온몸을 옷으로 칭칭 감고 있었지만, 체형이나 몸집이 확실히 스토비 씨와 비슷했다. 배도 스토비 씨의 배와 흡사했다. 하지만 그럴 리 없었다. 스토비 씨일 리 없었다. 스토비 씨가 미치지 않고서야 톰의 아빠가 살아 있다는 황당무계한 편지를 쓸 리 없었다. 스토비 씨는 아빠와 알고 지냈고 아빠와 함께 저인망어선도 탔다. 다른 사람이면 몰라도 스토비 씨는 그런 짓을 할 사람이 아니었다.

그럼 누구지?

뱃머리에 뭐라고 쓰인 거지? 글자가 선명하지 않았다. 글자가 너무 흐리고 가늘었다. 비바람과 세월과 바닷물에 부대껴 색이 빠져 있었다.

보자, 보자.

남자가 어느새 노 젓기를 멈췄다. 남자가 한쪽 노를 물에서 빼고 다른 쪽 노만 움직여 배를 돌렸다. 남자가 병을 따라잡았다. 보자, 보자. 남자가 병 바로 옆에 배를 댔다. 그럼 그렇지. 어디보자. 남자의 손이 병에 닿았다. 남자가 병을 건졌다. 이제 병은 배 안에 있었다. 노가 다시 양쪽 모두 물에 들어갔다. 남자는 쫓기는 사람처럼, 도망자처럼, 노를 저었다. 남자는 식인 상어 떼가 아가리를 벌리고 칼처럼 날카로운 이빨을 드러내고 쫓아오는 것처럼 급히 노를 저었다.

남자가 노 젓는 속도는 가히 초현실적이었다. 그것도 썰물을 거슬러서? 어떤 남자도 저렇게 빨리 노를 저을 수는 없었다. 남자는 완강하고 집념 어린 기세로 노를 저어서 왔던 방향으로, 짙어지는 안개와 어둠 속으로 돌아갔다. 이제 해가 수평선에 낮게 걸렸다. 그때 석양이 갑자기 폭발하듯 타올랐다. 쌍안경 렌즈 안으로 빛이 쏟아져 들어왔다. 톰은 순간 눈을 깜빡이며 고개를 돌렸다. 쌍안경을 다시 눈에 댔을 때는 배도 남자도 사라진 뒤였다. 병도 남자와 함께 사라졌다. 셋 다 안개와 바다와 어둠 속으로 자취를 감추었다.

톰은 굴뚝바위 뒤에서 나왔다. 더는 숨어 있을 까닭이 없었다. 톰은 바다를 좌우로 앞뒤로 훑었다. 하지만 아무것도 없었다. 아무도 없었다.

톰은 손목시계를 봤다. 집에 가야 할 시간이었다. 하지만 몇 분 더 지체한다고 달라질 건 없었다.

톰은 바다를 보고 또 봤다. 아무것도 보이지 않았다. 보이는 것은 안개와 물보라와 누릿한 잿빛 하늘과 어둡게 흐르는 바다뿐이었다.

배에 타고 있던 사람은 누구일까? 정말 스토비 씨인가? 하지만 그건 터무니없다. 더구나 뱃머리에 쓰여 있던 이름, 그건 스토비 씨의 배 이름이 아니었다. 누구의 배 이름도 아니었다. 델웍 항 어디에도 그런 이름의 배는 없었다. 톰이 알기로는 없었다. 그리고 톰이 모르는 배도 없었다.

톰은 우두커니 바다를 바라봤다. 열 가지도 넘는 설명을 생각했지만 그럴싸한 건 하나도 없었다. 어떤 설명들은 믿고 싶은 것들이었고, 다른 것들은 믿기 무서운 것들이었다. 어떤 설명들에는 일말의 논리가 있었지만, 다른 것들에는 아무 근거 없는 믿음과 희망뿐이었다.

시간이 얼마나 흘렀을까, 휴대폰 벨이 울렸다. 톰은 후다닥 전화를 받았다.

"엄마, 미안해요. 시간 가는 줄 몰랐어요. 아무 일 없어요. 집에 가는 중이에요. 금방 갈게요."

톰은 익숙한 걸음으로 산책로를 내려갔다. 뻔질나게 오르내렸던 길이라 어둠 속에서도 어딜 디딜지 훤히 알았다. 톰은 길을 내려와 포구로 접어들었다. 부두 위에 스토비의 로우보트가 있었다. 받침대에 고정된 걸로 봐서 아직도 수리 중인 모양이었다. 배에 딸린 공기 주입식 소형 보트가 계단 옆 쇠고리에 묶여 있고, 유람용 모터보트는 갯벌 위에 널브러져 있었다.

톰은 언덕을 올라 집으로 향했다. 포구 선술집에 불이 환했다. 술집 안에 여기 정박 중인 저인망선 어부가 몇 명 있었다. 술잔을 든 채 대화에 깊이 빠져 있는 스토비 씨의 모습도 보였다.

결국 스토비 씨는 아니었다. 다른 사람이었다. 미지의 낯선 이가 안개 속에서 나타났다가 다시 안개 속으로 사라졌다. 나타날 때처럼 홀연히, 그리고 소리 없이.

그리고 그 사람이 톰의 유리병을 가져갔다. 병을 가져가는 것.

167

그것이 남자의 의도였고 유일한 목적이었다. 남자는 어둠 속에서 노를 저어 나타났다. 목적은 하나, 바다에서 병을 건져 가려고. 톰의 편지를 가져가려고.

톰은 생각했다. 테드 본즈, 정말 당신이야?

톰은 몸을 떨었다. 하지만 다음 순간 마음을 다잡았다. 웃기는 생각 말자. 어떻게 죽은 사람이 바다 밑에서 나타난단 말인가?

17
이브의 백조

이브의 백조….

이것이 그날 유령이 조수를 거슬러 노 젓던 배의 이름이었다. 뱃머리에 이렇게 쓰여 있었다.

이브의 백조.

어디선가 들은 이름이었다. 하지만 어디서 들은 이름인지 생각나지 않았다. 혀끝에 감질나게 맴돌 뿐 발음할 수 없는 단어처럼, 기억에 아슬아슬하게 걸려 있는 이름은 사람을 환장하게 했다. 톰은 월요일에 학교에서 계속 그 이름만 곱씹었다. 다른 것에는 도저히 집중할 수가 없었다. 답이 떠오르지 않았다. 기억을 일깨우려면 아무래도 다른 사람 또는 다른 것의 도움이 필요했다. 이날 저녁 톰은 방과 후에 포구로 걸어 내려갔다.

"스토비 할아버지…."

스토비 씨가 하던 일에서 눈을 들었다. 톰 펠로우가 옆에 서 있었다. 스토비 씨의 로우보트는 그새 몰라보게 좋아져 있었다. 널

판자의 썩은 부분들이 새 목재로 말끔히 교체되었다.

"톰이구나? 학교 파하고 오는 거냐? 학교 다닐 날이 하루 더 줄었구나. 그렇게 자유에 한 발짝씩 다가가는 거지."

스토비 씨는 열네 살에 학교를 그만두고 어시장에서 일하기 시작했고, 2년 뒤부터는 어선을 탔다. 그후 바다에서 끌그물과 씨름하며 50년을 보냈다. 스토비 씨는 그 세월 동안 팔다리 대부분을 무사히 건사하고 목숨을 부지하는 데 성공했다. 거의 평생을 공부와 담 쌓고 사는 데도 성공했다.

"맞아요."

톰은 학교가 그렇게 싫지는 않았다. 적어도 서둘러 떠나고 싶은 마음은 없었다. 톰은 얼른 본론에 들어가지 않고 뜸을 들였다.

"뭐 하세요?"

"뭐 하는 것 같냐?" 스토비 씨가 슬쩍 빈정대듯 되물었다.

"배 수리요."

"맞다."

스토비 씨는 대패질을 멈추고 나무 지저깨비를 쓸어냈다.

"스토비 할아버지…."

"무슨 일인데?"

스토비 씨는 말을 돌리는 톰과는 반대였다.

"할아버지는 이 근방에 있는 배란 배는 다 아시죠?"

"이 나이 먹고 모르면 이상하지. 너도 대충은 알지 않니?"

"그럴걸요." 톰은 시간이나 때우려고 내려온 양 느긋하게 보이려 애썼다. "그런데 어제저녁에 모르는 배를 하나 봐서요."

"지나가는 배겠지." 스토비 씨는 노골적으로 심드렁하게 웅얼댔다. "세상 배를 다 알 수는 없는 노릇이잖아?"

"그건 그런데요, 배를 근처에 묶어둔 게 아니라, 누군가 노를 젓고 있었거든요. 어제 해 질 무렵에요."

스토비 씨가 일하던 손을 멈추고 톰을 마주 봤다.

"바다에 나가 있었다고? 어스름에, 그것도 안개가 밀려올 때? 선외 모터라도 달고 있었나 보지?"

"아뇨, 로우보트였어요. 노만 있고 엔진은 없었어요. 제가 니들 록에서 똑똑히 봤어요."

"넌 어스름에 거기서 뭐 하고 있었는데?"

"아, 아무것도 안 했어요."

"아무것도 안 했어? 그래, 아무것도 아니니까 말해봐." 스토비 씨는 호기심을 가장한 소리로 물었다. "네가 생각하는 아무거가 어떤 종류의 아무건데? 말 못 할 아무거야?"

"가끔 하는 거요." 톰은 애매하게 말했다. "뭐 그냥, 특별한 건 없고요. 쌍안경을 가지고 갔거든요. 새 관찰, 그런 거요."

"오호, 그래?"

스토비 씨는 대패를 내려놓고 사포를 들었다. 사포가 거슬리는 소리를 냈다. 사포는 나무만 아니라 톰의 신경도 긁었다.

"그러다 그 배를 봤어요. 거룻배였어요…."

스토비 씨가 다시 눈을 들었다.

"거룻배?"

"있잖아요, 작은 로우보트요. 큰 배가 정박 중에 육지에 드나드는 용도로 갖고 다니는 배요."

"거룻배가 뭔지는 나도 안다, 인마. 이 나이에 모르면 이상하지."

"그게 아니라, 저기, 거룻배는 모선(母船)이랑 같은 이름을 달고 다니죠, 그죠? 보통 그렇죠? 만약 큰 배 이름이 돌핀이면, 거기 딸린 배엔 뱃머리에 돌핀 소속이라고 쓰여 있지 않나요?"

"그래서? 항해학 강의 잘 들었다, 톰."

스토비 씨의 목소리에 아까보다 한층 날카로운 야유가 실렸다.

"제가 어제저녁에 그런 배를 봤어요. 안개 속에서 로우보트가 하나 나타났는데, 보니까 거룻배였어요. 옆에 모선 이름이 있었어요. 할아버지는 혹시 아시는 배인가 해서요. 저도 분명 들어본 이름인데 어디서 들었는지는 기억이 안 나요."

"이름이 뭐였는데?"

스토비 씨가 사포를 내려놓고 걸레로 선체의 나무 가루를 털어내기 시작했다.

"그게, 안개가 끼었고 해도 저물어서 제가 잘못 본 걸 수도 있는데요, 거기다 뱃전의 글자가 하도 희미해서…."

"톰, 단도직입적으로 요점만 말할래? 아니면 난 집에 가서 차나 마실란다."

"말할게요. 제가 본 바로는, 뱃전에 있던 이름은 이브의 백조였어요. 큰 글자로 이브의 백조, 그 옆에 작은 글자로 소속, 이렇게 쓰여 있었어요."

스토비 씨가 일하던 손을 멈췄다. 그리고 허리를 펴고 몸을 일으켰다. 허리가 삐걱대는지 움찔하긴 했지만 톰한테 들릴 만한 소리는 나지 않았다.

"이브의 백조?"

"네."

스토비 씨가 눈을 가늘게 떴다.

"톰, 인마. 너 지금 장난해?"

톰의 얼굴이 빨갛게 달아올랐다.

"아뇨. 왜 그러시는데요?"

"톰, 네가 사는 지역에 대해 그렇게 몰라? 요즘 학교는 자기 고장에 대해서 안 가르치니? 외국에 대해서만 배워? 자기 고장에 대해선 쥐뿔만큼도 관심 없는 거야?"

"배워요. 어업, 광산업, 주석, 석탄…."

"아니, 그런 거 말고. 여기, 여기에 대해서 말이야. 델윅. 우리가 지금 서 있는 곳. 저기 표지판 지나서 바다에 경고등 보여? 포구 끝에서 번쩍이는 거?"

"보여요."

"저런 게 원래부터 저기 있진 않았겠지, 그지?"

"네."

"원래는 없었어. 저런 장치를 설치한 데는 이유가 있는 거야. 좌

173

초하는 배들이 없었으면 암초를 경고할 필요도 없었겠지. 배들이 자꾸 침몰하니까 사람들이 경고등을 세우자고 한 거야. 근처에 종을 단 부표도 띄우고 말이야. 선장한테 전방에 위험물이 있다는 걸 알리려고. 아직 눈으론 보이지 않는 위험을 미리 소리로 알려주려고."

"그런데요?"

"저기 포구 끝에, 추모비 옆에 있는 안내판, 읽어는 봤니?"

"아마도요."

"가서 똑똑히 다시 읽어봐. 거기에 네 질문의 답이 있을 거다."

"네⋯."

톰은 내키지 않는 눈으로 부두가 끝나는 지점을 바라봤다. 파도가 크게 밀려와 부두에 철썩철썩 부서지고 있었다. 물보라가 찰나의 무지개들 속으로 하얗게 쏟아져 내렸다.

스토비 씨가 한숨을 쉬었다.

"톰, 가서 역사 안내판을 읽어봐."

톰은 침을 삼키려 했다. 하지만 입 안이 말라 있었다. 이제 생각났다. 그 이름을 어디서 봤는지 비로소 기억났다. 바로 거기서 본 거였다. 난파선 명단에서. 그 배는 가장 먼저 명단에 오른 배, 최초로 침몰한 배였다.

"이브의 백조는 침몰선 명단에 있는 배죠? 그렇죠?"

"암초에 난파된 지 200년도 더 된 배야. 교구 역사상 최악의 폭풍 중 하나였지. 교구 기록이 얼마나 정확한지는 귀신도 모르지만 말이야. 그때 여기 남자들이 구조하러 나갔어. 하지만 살아서 발견된 사람은 셋뿐이었어. 나머지는 모두 죽었어. 배가 폭풍 속에 박살이 났지. 배의 잔해는… 잔해가 남았어도 어디 있는지는 몰라. 있어도 바다 밑에 있겠지."

"하지만…."

"그러니까 톰, 간밤에 이브의 백조에 속한 거룻배를 본 것 같거들랑 안경점에 가보는 게 좋겠다. 안경점에 간 김에 내 안경은 됐는지 물어봐라. 이브의 백조를 보기엔 좀 늦었다, 녀석아. 200년이나 늦었어."

스토비 씨가 희미한 미소 위에 눈썹을 약간 놀란 각도로 올리고 톰을 응시했다.

"하지만, 이런 가능성은요? 같은 이름을 가진 배가 또 있을 수도 있잖아요. 그런 경우가 있기도 하잖아요?"

"그럴 수 있지. 하지만 네가 어제저녁에 봤다는 그 배 말이다, 지금은 어디 있지? 거룻배를 봤다면 모선이 근처에 정박해 있어야 말이 되는데, 큰 배도 봤니? 어제저녁에 정박 중인 배를 하나라도 봤어?"

톰은 천천히 고개를 흔들었다.

"나도 어제 오후에 게잡이 배를 몰고 바다에 나갔었다. 통발 꺼내러. 바다엔 아무 배도 없었어, 톰. 해안도 깨끗하고 바다도 비어 있었어. 네가 본 게 뭔지 몰라도, 어쨌든 이브의 백조는 아니야."

톰은 이제 자리를 뜨고 싶은 마음뿐이었다. 스토비 씨의 말은

175

더 이상 중요하지 않았다. 톰은 분명히 그 배를 봤다. 해가 저물어 어둑했던 것도 사실이고, 뱃머리의 글자가 희미하고 가늘어서 알아보기 어려웠던 것도 사실이다. 하지만 분명히 봤다. 글자를 알아보기 어려웠지만 분명히 읽었다.

이브의 백조 소속. 배에 이렇게 쓰여 있었다. 그리고 배에는 선외 모터가 없었다. 선외 모터 부착용 장치나 받침도 없었다.

"제가 착각했나 봐요." 톰은 대화를 접을 요량으로 말했다. "다른 걸 잘못 봤나 봐요."

스토비 씨가 낡은 헝겊에 손을 문질러 닦고 연장과 붓을 정리하기 시작했다.

"그랬을 거다, 톰. 하지만 네가 본 게 뭔지 모르겠구나. 정신이 나가지 않고서야 누가 마땅한 이유도 없이 안개와 어둠 속에, 그것도 그런 작은 로우보트로 바다에 나가겠니? 그래, 대체 뭐 하고 있든? 어디로 가고 있든?"

"잘 모르겠어요. 잘 모르겠지만, 뭔가를… 찾는 것 같았어요."

"톰, 혹시 과민성 상상이라는 말 들어봤니?"

톰은 다시 얼굴이 화끈거렸다. 이번에는 창피해서가 아니라 화가 나서였다.

"정말로 봤다니까요! 정말로 배였다니까요. 바로 저기, 굴뚝바위 옆에서 봤어요. 똑똑히 봤다고요."

"그럼 네가 유령을 본 게지. 인어도 안 믿는 녀석이 귀신 소리를 하다니 좀 이상하긴 하다."

"진짜였어요. 배에 남자가 타고 있었어요. 전력을 다해 노를 젓고 있었어요. 할아버지랑 저처럼 진짜였다고요. 노를 젓다가 배를 멈추고 팔을 뻗어서…."

톰은 급히 말을 멈췄다. 너무 많이 나갔다. 홧김에 필요 이상 많이 말해버렸다.

"배를 멈추고 팔을 뻗어서 뭐?"

"몰라요. 물에서 뭔가를 꺼냈어요."

"뭐를? 설마 내 게잡이 통발을 슬쩍한 건 아니겠지? 그런 거면 다음번엔 내가 놈을 찾아 나서야지."

"몰라요. 물에서 뭔가 건지는 것밖에 못 봤어요."

스토비 씨가 한숨을 내쉬었다. 그는 정리한 장비를 챙겨 들었다. 집에 갈 준비가 끝났다.

"톰, 넌 너무 생각이 많아. 바다란 점쟁이 수정구슬 같아서, 오래 들여다보면 거기서 온갖 게 다 보여. 없는 것도 보여. 하지만 다 상상이 부른 헛것에 불과하지. 너희 가족이 힘든 일을 겪은 건 안다. 너도 너희 누나도 너희 엄마도. 하지만 남은 사람은 계속 살아가야 해. 과거를 잊어서도 안 되지만 너무 곱씹어도 안 좋아. 이 마을에 그런 일을 겪지 않은 가족은 하나도 없다. 우리 모두 이때 아니면 저때 겪은 일이야. 그게 여기 사는 벌금이지. 이득이 있는가 하면 대가도 있지 않겠니. 바다에서 벌어먹고 사는 대가. 비싼 대가이긴 하다만, 다시는 그런 대가를 치르는 일이 없기를 바랄 수밖에. 어쨌든 남은 사람은 계속 살아야 해. 다른 선택

은 없어. 저인망어선들은 매일 아침 바다로 나가야 해. 고기가 절
로 잡혀주지는 않거든."

스토비 씨는 톰을 보며 어떤 대답이든 대답을 기다렸다.

"알아요." 생각나는 말은 이것뿐이었다. 그래서 톰은 그렇게 대
답했다. "알아요."

하지만 달라지는 건 없었다. 톰이 어제저녁에 본 것이 달라지는
건 아니었다. 톰은 테드 본즈 씨가 보낸 편지들을 읽었다. 본즈
씨의 편지들이 톰의 손에 실제로 들어왔다. 그 사실이 달라지지는
않았다.

"조심해서 가라."

스토비 씨는 장비를 챙겨서 떠났다.

톰만 부둣가에 남았다. 톰은 스토비 씨가 엎어놓고 간 로우보
트에 걸터앉아 바다를 바라봤다. 부두 끝에서 불빛이 반짝였다.
그 너머는 끝없는 바다였다.

"난 봤어." 톰은 혼자 중얼거렸다. "이브의 백조. 난 봤어. 분명
히 봤어."

톰은 몇 분간 생각에 잠겨 있다가 몸을 일으켜 부두를 따라 안
내판이 있는 곳으로 걸어갔다. 안내판에는 마을의 역사가 간략하
게 소개되어 있었다. 관광객들을 위한 거였다. 어느새 바람이 잦
아들고 파도가 가라앉았다.

안내판에는 보호필름으로 덮어놓은 그림이 한 점 있었다. 화가
가 펜과 잉크로 그린 이브의 백조 상상화였다. 배에는 돛대가 많

178

고, 마치 폭풍을 통과하듯 돛을 모두 올린 상태였다. 배 뒤에 로우보트가 한 척 딸려 있었다. 작은 거룻배는 딸려가면서 물결에 춤을 추었다. 엄마를 따라가는 아이처럼. 엄마 양을 따라가는 새끼 양처럼.

난 저 배가 안개 속에서 나오는 걸 봤어. 톰은 생각했다. 분명해. 분명히 봤어.

톰은 그림에 손을 뻗어 손가락으로 배의 형체를 쓰다듬다가 멀리 블랙 록스를 바라봤다. 이제껏 수많은 배들이 좌초한 곳.

누군가 바다에서 톰의 유리병을 건져 갔다. 톰은 두 눈으로 똑똑히 봤다. 누가? 이게 문제였다. 누가? 그리고 답장은 언제 올 것인가?

그래. 톰은 생각했다. 편지를 유리병에 담아서 바다에 던지는 건 누구나 할 수 있어. 거기까지는 별로 이상할 게 없어. 하지만 바다가 답장을 보내기 시작한다? 그건 얘기가 다르다. 기괴하고 요상하고 불가사의한 일이었다. 좀 섬뜩한 일이기도 했다.

파도가 부두에 부서지면서 물보라가 톰한테 소나기처럼 쏟아졌다. 입술에 짭짤한 바다 맛이 느껴졌다. 머리가 축축해졌다. 하지만 톰은 물러나지 않았다. 사납게 굴어도 지금은 어쩐지 바다가 친구처럼 느껴졌다. 바다 옆에 오래 머물면, 바다가 밀려오든 밀려가든 어떤 성질을 부리든 다 받아주면, 언젠가는 바다가 자신을 내보일 거라고 생각했다. 언젠가는 속마음을 터놓고 모든 비밀을 털어놓을 거라고 생각했다.

두 번째 파도는 더 크게 부서졌다. 톰은 이번에는 흠뻑 젖었다. 하지만 신경 쓰지 않았다. 정말 아무렇지 않았다. 바다는 우리 안에 있어. 우리 모두 바다에서 왔으니까.

18
세 번째 답장

여러 날이 지났다. 톰은 다른 사람에게 비밀을 털어놓고 싶은 마음이 간절했다. 하지만 그럴 상대가 없었다.

누구한테 말을 하나? 엄마는 안 되고, 누나도 이미 텄다. 지난번에 그런 일을 겪고 또 누나한테 갈 수는 없었다. 누나는 또 화를 낼 게 빤했다. 순진하고 모자란 멍청이라고 할 게 빤했다. 설명할 방법이 없거나 이해하기 어려운 말을 들으면 사람들은 항상 멍청하게 굴지 말라고 한다. 마치 그게 질문에 대한 답이라도 되는 것처럼.

누가 내 말을 믿어주겠어? 2세기 전에 바다 밑으로 가라앉은 배가 안개 너머에서 나타났고 오래전에 죽은 선원이 노를 젓고 있었으며, 남자가 있는 힘껏 노를 저어 물에서 유리병 편지를 낚아챘고, 올 때처럼 잽싸게 안개 소용돌이 속으로 사라졌다는 얘기를 누가 믿겠냐고.

설명할 수 없는 일을 어떻게 설명한다? 이치도 논리도 없고, 합리적 설명이 불가능한 것을. 하지만 믿어줄 사람이 한 사람쯤은 있을 것 같았다.

가레스 외삼촌은 어떨까? 톰은 생각했다. 외삼촌한테 말해볼까? 하지만 두 번 생각하니 아니었다. 톰은 얼른 생각을 접었다. 외삼촌은 한 마디도 믿지 않을 거야.

"톰, 요새 숙제가 너무 많았니? 공부를 너무 심하게 했어?" 외삼촌은 십중팔구 이렇게 말할 거다. "공부도 작작 해야지 너무 많이 하면 머리가 이상해진다. 그러다 헛것도 보게 돼. 아니지, 듣고 보니 이미 봤네, 봤어."

톰은 새삼 깨달았다. 기댈 사람은 아무도 없었다. 톰의 말을 믿어줄 사람은 없었다. 차라리 성당에 갈까? 닳아빠진 기도방석을 하나 골라잡고 무릎 꿇고 앉아서 위에 계신 그분에게 털어놓는 게 나을까? 하지만 톰은 그분에 대한 확신이 없었다. 끝없이 자애롭고 전지전능하다는 분이 사람들이 바다에 빠져 죽어도 보고만 있는 게 더 불가사의했다. 그분이 계신다는 개념 자체가 미심쩍었다.

아니면 학교에서 상대를 찾아볼까? R.D.? 외계인과 외계괴물과 깨지지 않는 병을 믿는 아이라면 내 말도 믿겠지? 하지만 그게 탈이었다. R.D.는 아무거나 믿는다. 그런 애는 전혀 도움이 되지 않는다.

결국 톰 혼자였다. 처음부터 톰 혼자 벌인 일이었다. 톰이 병을 바다에 던졌다. 그 단순한 행동이 이런 결과를 낳았다. 준 대로 받는다. 이 말이 괜히 있는 말이 아니었다. 사람들이 종종 하는 말이 있다. 나 좋으라고 한 일이 내 무덤을 파는 일이 될 수도 있다. 모든 행동에는, 심지어 모든 생각에도, 치러야 할 결과가 따른다. 사람들 말이 정말이라면?

이제는 기다리는 것밖에 할 게 없었다. 그래서 톰은 기다렸다. 그리고 지켜봤다. 바다에 마지막으로 던진 편지에 대한 답장을 고대하면서. 톰은 매일 아침 포구에 내려갔고, 매일 오후 니들 록에 올라갔다. 그리고 주말이면 로즈 헤이븐의 강어귀 건널목으로 페리 일을 도우러 갔다. 혹시 답장이 그리로 떠내려왔을까 해서.

톰은 혹시나 하는 마음에서 웬만하면 쌍안경을 가지고 다녔다. 그리고 끊임없이 물을 살폈다. 햇빛에 반짝이는 유리가 눈에 띄길 기다렸다. 톰은 채굴자였다. 바다의 광부였다. 다시 노다지를 캐는 날이 올 거야. 다이아몬드를 발견하는 날이 올 거야. 톰은 초록색 유리병의 모습을 한 눈부신 보상이 있을 거라 믿었다. 그리고 그 안에 모든 것을 설명해줄 편지가 있을 거라 믿었다.

병은 이 순간도 바다 어딘가를 까닥까닥 떠가며 마땅한 해류를 기다리고 있을 거야. 병은 자석처럼, 동물의 본능처럼, 나한테 오고 있을 거야. 철새가 지도나 나침반 없이도 수천 킬로미터를 날아서 집을 찾아가는 것처럼 그렇게 오고 있을 거야. 톰은 그렇게 믿었다.

올 거야. 톰은 생각했다. 올 거야. 톰은 그렇게 의도했다. 그렇게 여겼다. 믿음만으로도 답장이 오게 만들 수 있다고 믿었다. 논리가 통하지 않을 때 믿음이 승리할 수도 있다. 톰은 답장이 오게 만들 생각이었다. 꼭 그럴 생각이었다.

하지만 편지는 오지 않았다.

일주일이 가고, 거기서 2주일이 가고, 거기서 다시 3주가 흘렀다.

중간방학이 왔고 중간방학이 끝났다. 시험, 소풍, 박물관 견학,
단체여행. 시계는 돌고 돌았다. 낮이 길어졌다. 비수기에는 문을
닫는 델윅 만의 패치워크 찻집도 다시 문을 열었다. 가게 창문들
에서 덧문이 벗겨지고, 가판대에 케이크가 올라가고, 그걸 먹으러
관광객들이 하나둘 나타나기 시작했다.

경치가 그림 같아. 정말 예쁜 마을이야. 이런 데 살면 얼마나 좋
을까? 여름 나기 딱 좋겠어. 이런 곳에 작은 별장 하나 있으면 죽
이겠지?

저인망선 어부들은 포구에 앉아 그물을 수선하며 관광객들을
바라봤다. 불쾌한 눈길은 아니었다. 다만 속으로 겨울의 황량함
을, 12월의 폭풍과 1월의 추위를 생각하며 쓸쓸하게 웃었다. 캄
캄한 새벽 4시에 얼음 깔린 부두에서 꽁꽁 언 손을 불어가며 휘몰
아치는 폭풍 속으로 대구 잡으러 떠나는 사람들. 그렇게 고생해
도 바다에서 얻는 건 근근이 생계를 잇는 정도였다.

고즈넉하고 좋지? 이런 데 여름 별장이 있으면 좋겠지? 어쩌면.
겨울은 바하마에 가서 지낼 여력이 된다면.

이제는 저녁에도 환했다. 톰은 전보다 자주 서핑을 나갔다. 방
과 후에 서핑보드를 들고 해변에 내려가 서퍼 무리에 끼었다. 수

준급 서퍼는 아니지만, 보드 위에 균형 잡고 서서 쇄도하는 파도를 타고 상당 거리를 달릴 정도의 실력은 됐다. 적어도 바로 굴러 떨어지지는 않았다. R.D.가 무리 중에 가장 서툴렀다. R.D.를 보면 반은 어설픈 인간이고 반은 굼뜬 바다코끼리인 반인반수 생명체 같았다.

톰은 이즈음에는 파도를 타기보다 서핑보드를 저어서 쇄파 너머 잔잔한 지점으로 나아갔다. 파도가 둥글게 일어나 하얗게 부서지기 전의 바다는 유리처럼 잔잔했다.

톰은 물결을 따라 떠돌며 바다를 관찰했다. 가끔씩 바닷물이 눈에 들어갔다. 하지만 소금기 때문에 따끔거려도 눈을 비비는 건 금물이다. 그건 상황만 악화시킬 뿐이다. 그때는 눈물이 흐르도록 놔두는 게 상책이다. 눈물이 알아서 소금기를 씻어낸다. 또 가끔은 해파리가 지나갔다. 그럴 때마다 소름이 끼쳤다. 톰은 보드를 조정해서 가능한 한 해파리를 피해 다녔다. 해파리는 질색이지만 해파리에 쏘인 적이 있는 건 아니었다. 아직은 아니었다.

그러던 어느 날, 톰은 마침내 볼 것을 봤다. 눈물로 흐릿해진 시야에 그것이 나타났다. 톰은 눈을 깜빡이고 또 깜빡였다. 톰은 보드에 엎드려 발로 물을 찼다. 그리고 방금 빛이 번쩍한 지점을 향해 급히 나아갔다.

빛은 사라져버렸다. 잘못 본 모양이었다.

아니었다. 잘못 본 게 아니었다. 물결이 밀려와 그것을 다시 들어 올렸다. 그것이 다시 나타났다. 에메랄드처럼 초록색으로 빛나는 것. 톰은 그것을 향해 두 발을 첨벙대는 동시에 한 손을 뻗었다. 잡았다. 그 병이었다. 톰이 그토록 오래 기다리고 기다리던 병.

톰은 병을 꽉 쥐었다. 발로는 물을 차서 서핑보드를 반대 방향으로 돌렸다. 톰은 물결이 파도로 변하는 지점을 통과했다. 그리고 파도를 하나 잡아타고 보드에 올라서서 두 팔을 뻗었다. 톰은 병을 오른손에 움켜잡은 채 파도를 타고 단숨에 해변으로 돌아왔다.

"야, 톰! 벌써 가는 거야?" 라이언이 외쳤다. "어두워지려면 아직 한 시간이나 남았는데."

톰은 친구에게 손을 흔들며 마주 외쳤다.

"할 일이 있어!"

톰은 서핑보드로 병을 가렸다. 누구의 호기심도 자극하고 싶지 않았다.

"그럼 나중에 봐!"

"그래. 잘하면 내일?"

"안녕!"

"안녕!"

톰은 집으로 향했다. 멀지는 않았다. 서핑보드를 겨드랑이에 끼고 잠수복 차림으로 거리를 오가는 사람이 톰만은 아니었다. 이맘때면 흔한 광경이었다.

톰은 집에 도착해서 서핑보드를 헛간에 넣고 옷을 갈아입었다. 그리고 호스를 틀어 잠수복을 깨끗이 헹궈서 빨랫줄에 널었다. 도자기 물레 돌아가는 소리가 들렸다. 엄마는 아직 작업 중이었다.

"다녀왔어요, 엄마!"

"잘 놀았니?"

"네. 물이 차서 그렇지 좋았어요."

"30분만 기다려."

"네."

톰은 방으로 가서 병을 전등에 비춰봤다. 있었다. 보였다. 낡은 캔버스 천이 돌돌 말려 있었다. 전과 똑같았다.

마을길 돌돌 돌아서 돌담길 돌돌 돌아서 돌방아 돌고 도는 마을.

가끔은 엉뚱한 순간에 엉뚱한 노래가 떠오른다.

바다거북, 바닷가에 바다거북. 조가비, 조약돌 같은 조가비….

톰은 병마개를 비틀어 **뺐다**. 새끼손가락을 병에 넣었다. 단단히 말려 있는 캔버스 천을 누르고 천천히 끌어당겼다. 천이 병목 밖으로 나왔다.

축축한 비린내가 풍겼다. 전과 똑같았다. 톰은 캔버스 천을 책상에 놓고 펼쳤다. 눈에 익은 글자들이 나타났다. 거미 다리처럼 가늘고 기다란 글자들이 누르스름한 캔버스 천을 반쯤 채우고 있었다. 할퀸 것처럼 휘갈겨 쓴 글씨였다.

톰은 선뜻 읽을 마음이 내키지 않았다. 두려움의 감정이 호기심을 압도했다. 듣고 싶지 않은 소식과 비밀이 담겨 있으면 어떡하지? 톰은 병을 괜히 발견했다는 생각마저 들었다. 애초에 이걸 시작하는 게 아니었다는 후회가 들었다. 병에 편지를 담아 바다에 던지기. 이걸 재밌는 아이디어라고 생각한 내가 멍청했지.

하지만 이제 와서 되돌릴 방법은 없었다.

톰은 캔버스 천을 내려다봤다. 거기 적힌 처음 몇 단어를 봤다. 옛날풍의 이탤릭체 글자들.

바다친구에게,

톰은 몸을 떨었다. 온몸이 오싹했다. 톰은 계속 읽었다.

자네가 최근에 보낸 편지를 받아보았네. 솔직히 그걸 읽고 몹시 심란했어. 이보게 바다친구, 내 명예를 걸고 말하는데, 이 테드 본즈는 결코 남을 기만하거나 남에게 사실이 아닌 엉터리 정보를 주는 사람이 아니라네. 한 번 뱃사람은 영원한 뱃사람이고, 뱃사람은 다른 뱃사람을 결코 속이지 않아. 우리가 누군가? 바다에서 있는 고생 없는 고생 다 하며 같은 불행과 고초를 겪은 사람들이 아닌가?

우리 같은 길 잃은 영혼들에겐 이곳이 집이라네. 나는 이곳을 위아래로, 동으로 서로, 남으로 북으로 싹싹 훑으며 조사했어. 우리가 데이비 존스의 함이라고 부르는 이 바다 밑을 샅샅이 훑었어. 자네가 이곳을 무어라 부르든 그건 내가 상관할 바 아니고, 사실 무어라 부르든 차이도 없어. 내가 말해줄 수 있는 건 이것뿐이네.

친구, 이곳에 새뮤얼 펠로우라는 사람은 없어. 이건 사실이야.

다만 내 생각이지만 그 사람이 다른 이름으로 항해를 했을 수는 있어. 드문 일도 아니야. 뱃사람 중에는 나름대로 이유가 있어서 이름을 바꾸는 경우가 왕왕 있거든. 나만 해도 내 이름이 항상 테드 본즈였던 건 아냐. 내가 테드 본즈란 이름을 달고 태어난 건 아니란 말일세. 사정이 여차여차하다 보니 그 이름으로 마무리됐을 뿐이지.

내가 하고 싶은 말은 이거네. 만약 누군가 나의 옛날 이름으로 나를 찾으러 다닌다면, 그 사람은 내 소식을 전혀 듣지 못할 가망이 커. 나의 옛날 정체는 사라지고 없을 테니 말이야.

샘 펠로우라는 사람도 바다에서는 다른 이름으로 통했을 수 있어. 만약 그렇다면 내가 자네가 원하는 소식을 전해주지 못하는 게 당연해. 만약 자네가 찾는 사람이 바다에서는 샘 로버(방랑자 샘)나 샘 솔트(소금 샘), 그 비슷한 이름으로 살았다면? 그랬을 거라는 게 아니라 그랬을 수도 있다는 뜻이야.

그것도 아니라면, 그 사람은 여기에 없어. 그 사람이 저승 사람인 게 확실하다면, 여기 바다 밑이 아니라 마른 땅에서 찾아보는 게 낫겠네, 친구. 그 사람은 뱃사람의 최후를 맞지 않았어. 최후를 맞았어도 뭍사람의 최후를 맞았겠지.

자네에게 더 나은 소식을 전해주지 못해 유감이네. 그 사람 소식은 아무래도 내 영역 밖의 일인 듯싶네. 어쩌겠나. 세상이란 게 원래 그래. 일이 항상 꼬이지.

몸 건강하게, 바다친구. 부질없는 생각에 너무 사로잡히지 말고, 괜히 청승 떨면서 코 빠뜨리고 다니지도 말아. 자네는 앞으로 살날이 창창해. 자네가 생각해야 하는 건 바로 그 앞날이야. 어떻게 하면 최고로 살아낼까만 생각해.

나는 이만 작별을 고하겠네. 마음은 더 돕고 싶지만 더는 자네에게 줄 소식이 없군. 자꾸 마음에 얹히는 생각이 있걸랑 언제든 이 테드 본즈에게 편지를 띄우게. 하지만 유감스럽게도 내 쪽에서 새로운 소식이 생길 것 같지는 않아.

잘 지내게, 바다친구. 폭풍에 대비해서 해치를 단단히 잠그는 것 잊지 말고, 어차피 닥칠 폭풍이라면 잘 넘기기를 바라네. 언젠가는 이 폭풍을 모두 지나 무사히 반대편에 안착하는 날이 올 걸세. 태양이 한 번 빛났다면 다음에 또 빛나지 말란 법도 없지.

안전한 항해와 순풍을 빌겠네.

자네의 영원한 친구,
테드 본즈로부터.

톰은 편지를 내려놓았다. 눈에 다시 눈물이 차올랐다. 이번에는 소금기 때문이 아니었다.

19
마지막 편지

확실한 건 톰의 아빠는 평생 하나의 이름으로 살았다는 거였다. 그 이름은 새뮤얼 펠로우였다. 아빠를 다른 사람으로 혼동할 가능성은 없었다. 하지만 이제 테드 본즈 씨의 말은 중요하지 않았다. 어쩌면 애초부터 유리병 편지는 아빠에게 보내는 편지여야 했다. 바다에서 실종된 아빠. 너무너무 그리운 아빠. 어쩌면 톰이 던진 병은 모두 애초부터 아빠에게 보내는 편지였다.

그렇다면 한 통 더 남았다. 마지막 편지. 톰은 마지막으로 한 통 더 쓰고 끝내기로 했다. 어쩌면 이 편지가 첫 편지여야 했다. 어쩌면 이것이 애초에 톰이 유리병 편지를 보낸 이유, 톰이 보낸 모든 유리병 편지의 이유였다. 톰이 정작 바다에 보내고 싶었던 편지는 어쩌면 이것이었다.

못 견디게 하고 싶었던 말. 왜 처음부터 그렇게 말하지 않았을까? 왜 진짜 얘기를 쓰지 않았을까? 마음이 아파도, 속이 무너져도 했어야 했다.

톰은 펜과 메모지를 꺼내 편지를 쓰기 시작했다.

아빠에게,

테드 본즈 씨는 아빠를 바다에서는 찾을 수 없다고 하지만, 본즈 씨가 뭐라 하든 난 아빠가 거기 있는 거 알아요. 그래서 이렇게 아빠한테 편지를 써요. 아빠가 영원히 받을 수도 읽을 수도 없는 편지란 것도 알아요.

그냥 아빠한테 우리 모두 잘 있다고, 잘 지내고 있다고 말하고 싶었어요. 엄마는 여전히 도자기를 만들어요. 만든 도자기는 거의 다 팔려요. 마리 누나는 아빠가 바랐던 대로 올 가을에 대학에 가요.

우리 모두 아빠가 보고 싶어요. 언제까지나 보고 싶을 거예요. 아빠를 보러 갈 장소가 있으면 좋겠지만 우리에겐 그런 곳이 없어요. 바다밖에 없어요. 그래서 난 항상 바다를 보러 가요. 그리고 바다에 편지를 써요. 가끔은 바다가 답장도 해요. 믿기 힘든 말을 하는 게 탈이지만요.

어쨌든 이렇게 편지를 쓰는 건 우리가 항상 아빠를 생각하고 있고, 언제까지나 아빠를 잊지 않을 거라는 말을 전하기 위해서예요. 아빠한테 꼭 이 말을 하고 싶었어요.

가끔씩 가레스 외삼촌을 도우러 페리에 가요. 외삼촌도 항상 아빠 얘기를 해요. 언제나요. 아빠 얘기를 하지 않고는 못 배기겠나 봐요. 모든 사람들이 아빠를 그리워해요.

하고 싶은 말은 이게 다예요.

이 병은 언제까지나 정처 없이 세상을 떠돌 가능성이 커요. 그래도 상관없어요. 이 병이 영원히 바다를 항해하며 나한테 영원히 아빠를 떠올려

주겠죠. 추모비처럼요. 난 그렇게 생각해요. 이 병은 바다에 심은 나만의 추모비예요.

아빠 생각이 많이 나요. 영원히 그럴 거예요. 죽을 때까지 아빠를 잊지 못할 거예요. 아빠, 내 마음을 다 쓰려면 병 천 개를 채워도 모자라요. 내 마음과 말을 다 담을 자리는 어디에도 없어요. 세상의 병을 다 합쳐도 모자랄 만큼, 세상의 종이를 다 모아도 모자랄 만큼 아빠가 보고 싶어요.

아빠, 안녕.

영원히 사랑해요.

톰 올림.

됐어. 톰은 생각했다. 이제 모두 끝났어. 모든 게 정리됐어. 아무도 모르는 일로 끝내자. 어차피 누구도 알 필요 없는 일이었어. 바다에 비밀을 던지고 바다가 멀리 가져가게 하자. 비밀이 영원히 세상을 떠돌게 하자. 발견되든 발견되지 못하든 그건 중요하지 않아. 그냥 거기 두자. 영원토록. 존경과 추억과 사랑을 담아서.

본즈 씨가 뭐라고 했더라? 톰은 편지 내용을 떠올렸다. 맞아.

자네는 앞으로 살날이 창창해. 자네가 생각해야 하는 건 바로 그 앞날이야. 어떻게 하면 최고로 살아낼까만 생각해. 태양이 한 번 빛났다면 다음에 또 빛나지 말란 법도 없지.

톰은 병마개를 단단히 닫고 병을 서랍에 숨겼다. 내일 병을 니들 록으로 가져가서 최후의 메시지를 바다에 던질 생각이었다. 더 이상의 편지는 없다. 톰은 끝냈다. 하고 싶었던 말을 했다. 여기에 바다가 무슨 답을 줄까? 바다가 줄 답은 없다. 더는 바다가 해줄 말이 없다.

솔직히 지금까지는 희망의 미련을 버리지 못했다. 하지만 톰은 마침내 모든 희망을 놓아주고 오래 부정해왔던 것을 받아들였다.

새뮤얼 펠로우는 돌아오지 않는다. 그것이 사실이었다. 냉엄한 현실이었다.

"나간다고? 지금? 뭐 하러? 30분이면 해가 저물 텐데?" 엄마가 말했다.

"어제 해변에 장갑을 한 짝 두고 온 것 같아요." 톰이 설명했다. "얼른 가서 보고 올게요. 서핑 끝내고 나올 때 바위 옆에 흘린 것 같아요."

네오프렌 장갑은 손을 따뜻하게 하는 용도였다. 겨울 바다에서는 10분만 지나도 손에 감각이 없어진다. 심지어 여름에도 물에 있으면 한기가 올라온다.

톰은 해변으로 가지 않았다. 톰은 병을 코트 밑에 숨기고 집을 나와 니들 록으로 향했다.

톰은 어떤 식으로든 격식을 갖출 필요를 느꼈다. 뭐라도 이 절차에 엄숙함과 장중함을 더할 방법이 필요했다. 몇 마디 말, 기도, 몸짓, 또는 짧은 묵념. 아니면 지금이 중요한 순간이라는 인식이라도.

톰은 한동안 바다를 바라보며 서 있었다. 바닷물이 밀려 나가고 밤이 들어차는 것을 지켜봤다. 톰은 마침내 최후의 메시지가 든 병을 들어 올렸다. 그리고 멀리 바다로 던졌다.

톰은 가만히 지켜보고, 기다렸다.

아무 일도 일어나지 않았다. 바다가 내는 소리와 어둠이 내리는 모습밖에 없었다.

톰은 가려고 몸을 돌렸다. 그때였다. 무슨 소리가 들렸다. 나무판이 출렁이는 바다를 철썩철썩 치는 소리, 낡은 목재가 희미하게 삐걱대는 소리.

톰은 곶(바다로 뾰족하게 뻗어나간 땅:옮긴이) 너머를 바라봤다. 그때의 그 배가 다시 나타났다. 그때의 작은 거룻배가 물결 속에 까닥이는 병을 향해 노를 젓고 있었다.

톰은 꼼짝 않고 지켜봤다. 두려움은 없었다. 그저 몰두해서 봤다. 남에게 일어나는 일을 구경하듯이, 남의 드라마를 보는 관객처럼, 무심하게 주목했다.

톰은 쌍안경을 깜빡했다는 생각이 들었다. 어스름 탓에 배가 똑똑히 보이지 않았다. 하지만 노를 젓는 형체는 그때와 같았다. 남자는 전처럼 꾸준하게, 거의 비인간적인 투지로 지칠 줄 모르고 노를 저었다.

배가 물결을 가르고 다가왔다. 톰은 성난 목소리로 배를 향해 악을 썼다. 무심한 상태에서 벗어나 이제는 장면에 뛰어들었다. 톰을 이루는 모든 부분과 모든 조직이 하나도 남김없이 이 순간에 몰입했다.

"아냐! 당신 것이 아냐! 당신한테 보내는 편지가 아니야. 아빠한테 보내는 거야."

하지만 바람이 톰의 말을 흩어놓았고, 바다의 소음이 말을 삼켜버렸다. 노를 젓는 남자는 고개도 들지 않고 계속 노만 저었다. 그의 배가 조수를 타고 흐르는 병에 접근했다. 배는 병을 따라잡자 전처럼 속도를 늦췄다. 톰은 꼼짝 않고 서서, 반쯤 화나고 반쯤 두려운 마음으로 배에 탄 남자를 지켜봤다. 남자가 한쪽 노를 배 옆에 붙였다. 그리고 병을 건지려고 팔을 뻗었다. 남자의 손에는 살이 하나도 없었다. 뼈만 있었다.

톰은 쌍안경을 챙겨 오지 않은 걸 후회했다. 남자의 얼굴을 보고 싶었다. 하지만 얼굴을 보지 못하는 것이 다행이다 싶기도 했다. 얼굴에도 손처럼 뼈만 있다면? 모자 아래에 얼굴이 아예 없고 푹 꺼진 구멍만 있다면? 눈도 없고 살도 없는 해골만 있다면?

뼈다귀 같은 남자의 손이 배에서 뻗어 나와 물에 떠 있는 병으로 향했다. 병을 건지나 했는데 남자는 거기서 멈칫했다. 남자는 손을 천천히 거둬들였다. 남자도 편지의 주인이 따로 있다는 걸, 남들이 함부로 봐서는 안 된다는 걸 눈치챈 모양이었다.

톰은 굴뚝바위 옆에 있었다. 하지만 전처럼 숨지는 않았다. 톰의 존재는 훤히 드러나 있었다. 배는 톰이 있는 곳에서 불과 몇백 미터 떨어져 있었다. 배는 점점 짙어지는 어둠 속에 떠 있었다. 노를 잡은 형체가 고개를 돌려 육지 쪽을 봤다. 남자의 눈이(그게 진짜 눈인지 구멍인지는 알 수 없었다) 톰이 있는 곳을 향했다. 남자의 꺼먼 눈이 톰을 똑바로 봤다. 보는 것 이상이었다. 파고들었다. 속을 꿰뚫는 시선. 그 시선이 톰을 깊이 파고들었다.

톰은 가슴이 마구 뛰었다. 뱃속이 뒤틀렸다. 죽음의 얼굴을 마주한 느낌이었다.

둘은 그렇게 서로를 봤다. 소년은 뭍에서, 남자는(남자가 맞다면) 배에서. 톰의 공포가 잦아들었다. 배 위의 형체가 뼈만 남은 음침한 손을 들어 작별을 고했다. 그 몸짓은 위협과는 거리가 멀었다. 오히려 친절하고 연민 어린 몸짓이었다.

톰은 자기도 모르게 팔을 들었다. 팔이 자유의지를 가진 것처럼 올라갔다.

미소였을까? 남자의 캄캄한 모자 아래로 유령처럼 희미하고 해골처럼 창백한 미소가 스쳤다.

톰은 공기를 울리는 자기 목소리를 들었다. 톰의 목소리가 어둠과 물보라를 뚫고 바다 위에 울렸다.

"본즈 씨예요? 본즈 씨 맞아요? 저예요, 톰. 편지를 써 보낸 톰요. 본즈 씨 맞아요? 본즈 씨?"

하지만 대답은 없었다. 물이 굽이치며 흐르는 소리와 조약돌들이 달각이는 소리와 파도가 밀려드는 소리뿐이었다.

남자의 손이 공중에 머물러 있었다. 손은 더는 힘이 없는 듯 어렴풋이 움직였다.

행운을 비네, 바다친구. 손이 이렇게 말하는 듯했다. *언제나 쾌청한 날씨와 안전한 항해를 빌겠네.*

"행운을 빌어요."

톰은 자기 귀와 바람만 들을 수 있는 작은 소리로 중얼거렸다. 바위의 움푹한 곳마다 바람이 윙윙대며 울었다.

행운을 빌어요. 본즈 씨. 행운을 빌어요.

남자가 손을 내렸다. 손이 다시 노를 잡았다. 병은 있던 곳에, 바다 위에 그대로 남았다. 남자는 언제 그랬냐는 듯 힘찬 기세로 노 젓기를 재개했다. 남자는 곧바로 먼바다를 향해 배를 몰았다. 그는 육지에서 멀리 벗어나 부표가 경고의 음악을 연주하는 곳으로 향했다. 암초로 직행하고 있어. 톰은 생각했다. 남자는 계속해서 노를 저었다. 아무것도 잃을 게 없는 사람처럼 거침없이 막무가내로 배를 몰았다.

그러다 형체가 사라졌다. 어둠에 덮여버렸다. 어둠이 어둠을 먹었다. 남자와 밤이 하나로 섞였다. 둘 다 불가해했고, 둘 다 불가사의했다. 깊이를 알 수 없는 바닷속처럼 완고하게 텅 비어서 아무것도 읽을 수가 없었다.

톰은 아래를 봤다. 해안선이 형광색으로 빛났다. 바위의 광물 성분이 빛을 발했다. 바위가 깨알만 한 별을 뿌린 것처럼, 반딧불이가 떼로 앉은 것처럼 반짝였다. 바람이 톰의 머리를 헝클었다. 이제는 모두 평화로워 보였다. 밤이 왔지만 새벽처럼 새로운 날처럼 느껴졌다. 톰은 마지막으로 바다를 봤다. 이제는 병이 보이지 않았다. 병이 보일 거라고 기대하지도 않았다. 썰물이 병을 가져갔다. 병은 깊은 바다를 향해서, 세계의 화물들이 지구를 도는 해운항로를 향해서 여행을 시작했다.

톰은 병에게 안정적인 항해와 진항 속도를 빌었다. 물론 병에게 목적지는 따로 없었다. 있는 것은 여정뿐이었다.

톰은 니들 록을 등지고 해안 산책로를 내려와 집으로 걸어갔다.

하지만 상황은 톰의 기대대로 흘러가지 않았다. 바다는 병을 깊은 바다로 내보내지 않았다. 병은 교차해류와 저층역류에 잡혔다. 그래서 한동안 계조에 머물러 있다가 조수가 바뀌자 밀물을 타고 다시 육지로 흘러왔다. 병은 용케 바위와 포구를 피했고, 강어귀로 꺾어 로즈 헤이븐으로 들어갔다. 병은 페리가 다니는 강 건널목을 통과해 계속 흘러갔다. 하지만 가레스는 병을 보지 못했다. 다시 조수가 바뀌었다. 병은 물이 얕게 고인 곳에 들어가 완전히 정지했다. 로즈 헤이븐에 정박한 대형 선박들처럼, 강기슭에 뒤엉겨 있는 유목들처럼, 병도 강어귀에 그대로 갇혔다. 병은 바다의 거대한 움직임에서 벗어나 한자리에 머물렀다.

20
출항

"다음 주에 출항한대." 가레스가 말했다. "오션 에메랄드와 오션 펄, 둘이 함께 나간대."

다시 무한 왕복의 시간이 왔다. 톰은 페리 일을 돕고 있었다. 이번 토요일은 승객이 붐비지 않았다. 성수기가 절정에 이르기 전이었다. 하지만 한여름이 되면 관광객들과 자동차들이 몇 시간씩 줄을 섰다. 기다리는 줄이 1킬로미터 넘게 늘어서기도 했다.

"어떻게 알았어요?" 톰이 물었다.

"우린 사전에 통보받거든." 가레스가 말했다. "배가 로즈 헤이븐을 나갈 때는 페리를 운항할 수가 없지. 저런 배에 깔려 박살날 일 있어?"

"아무도 안 다니는 밤에 나가면 안 돼요?"

"물때만 맞으면 밤에 나가도 상관없지만 지금은 아니거든. 어쨌든 한 시간 이상은 안 걸릴 거야. 배 나가는 거 보고 싶으면 너도 와서 구경하든지. 다음 주 일요일이야. 근데 일찍 와야 할 거다."

"알았어요, 올게요. 나도 보고 싶어요. 배를 끌어낼 예인선들도 오나요?"

"그럼, 제일착으로 오지. 저 배들을 움직이려면 꽤나 끌어대야 할걸."

톰은 눈앞의 거대한 쌍둥이 배로 시선을 돌렸다. 두 남자는 이 날도 오션 펄 호에 매달려 작업 중이었다. 작업대가 홀수선 근처까지 낮게 내려와 있었다.

"페인트칠이 아직도 안 끝난 거예요?"

"그런가 봐. 그래도 이젠 끝이 보이네. 어쨌든 다음 주까지는 마무리하겠지. 출항하려면 끝내기 싫어도 끝내야지."

"어디로 가는지 궁금해요."

톰의 마음 한편에서 배에 올라 떠나고 싶은 욕망이 일었다.

"누가 알겠어? 멀리 가겠지. 태평양, 인도양, 남중국해…."

톰은 멀리 수평선을 바라봤다. 낭만과 모험과 무한의 가능성이 느껴지는 이름들이었다.

"그런 데로 항해하면 근사하겠죠?"

가레스는 조카에게 야릇한 눈길을 던졌다. 결코 동의의 표시는 아니었다.

"톰, 네 안에는 너 말고 딴 사람도 좀 있는 것 같다. 너한테서 네 아빠가 보여. 네 아빠도 항상 먼 곳을 동경하고 세상 구경을 하고 싶어 했지."

가레스는 더는 말하지 않았다. 하지만 톰이 외삼촌의 생각을 따라가는 건 어렵지 않았다. 네 아빠가 먼 데를 동경하는 사람이 아니었다면 아직 여기 살아 있겠지. 강어귀만 건너다니는 나처럼. 위험을 무릅쓰는 사람은 때로 그 대가를 치른다. 톰은 생각했다. 그렇다고 위험을 감수할 가치가 없다는 뜻은 아니잖아?

톰 안에 아빠의 일부가 들어 있는 건 어쩌면 사실이었다. 그게 은근히 자랑스러운 것도 사실이었다.

톰은 상류 쪽으로 눈을 돌려 대형 선박들을 바라봤다. 작업대의 남자들이 길고 길었던 노동의 끝에 이르고 있었다. 선체의 거의 전부가 산뜻한 회색 페인트로 덮였다. 며칠만 더 칠하면 끝이었다. 톰은 배들이 떠나는 모습을 꼭 보기로 맘먹었다. 대형 선박두 척이, 계절이동을 시작하는 두 마리 거대한 고래처럼, 나란히 망망대해로 출항하는 모습은 상상만 해도 굉장했다.

두 남자는 톰이 집으로 떠나고 한참 후까지도 작업을 계속했다. 두 사람은 다음 날도, 월요일도 온종일 일했다. 이후에는 승무원 전원이 출항 준비에 들어갔다.

톰은 이날 저녁 델윅으로 돌아오다가 부두에 있는 스토비 씨를 봤다. 스토비 씨의 로우보트는 수리가 끝나 물에 내려져 있었다. 이제 스토비 씨의 로우보트와 소형 보트가 나란히 묶여 있었다. 스토비 씨는 게잡이 통발과 바닷가재 통발들을 늘어놓고 상한 곳을 찾아 땜질하는 중이었다.

톰은 스토비 씨가 있는 곳으로 자전거를 몰았다. 늙은 어부는 눈을 들고 고개를 끄덕였다.

"왔니?" 스토비 씨가 말했다. "어떻게 지냈어?"

하지만 톰은 안부 인사나 잡담을 나눌 기분이 아니었다. 한 가지 물어볼 게 있었다. 더도 말고 딱 한 가지 질문. 그동안 이 질문을 못해 속이 얹힐 정도였다. 어처구니없는 질문이겠지만 그래도 답을 들어야 했다. 확인할 필요가 있었다.

"스토비 할아버지," 톰이 물었다. "할아버지가 테드 본즈예요?"

스토비 씨가 톰을 빤히 봤다.

"내가 누구냐고?"

"사실대로 말씀해주세요, 할아버지. 제 유리병 편지를 발견해서 답장을 보내는 사람이 할아버지죠?"

"내가 뭘 보내?"

"사실대로 말씀해주세요. 중요한 문제예요. 할아버지가 테드 본즈예요?"

스토비 씨는 화를 낼지 웃을지 망설이다가 황당하다는 표정으로 결정했다.

"대체 테드 본즈가 누군데?"

"저는 이제 애가 아녜요. 웃을 일도 아니고요."

"뭐가 웃을 일이 아닌데? 대체 무슨 소리야?"

"장난이면 장난이라고 말씀해주세요. 장난이어도 괜찮아요. 상관없어요. 하지만 알 건 알아야겠어요."

스토비 씨는 뜯어보는 눈으로 톰을 응시했다. 심사숙고 같기도 하고, 느린 평가 같기도 했다.

"톰, 무슨 소린지 모르겠다만, 이건 확실히 말하마. 테드 본즈가 누구든 이 데이브 스토비는 아냐. 그건 믿어도 된다."

톰은 스토비 씨의 눈을 마주 응시했다.

"정말이에요?"

스토비 씨가 쓴웃음을 지었다.

"톰, 잘하면 너랑 나랑 싸움하겠다."

톰은 눈을 돌렸다. 톰은 스토비 씨의 말을 믿었다. 그렇다면…

"죄송해요. 여쭤보긴 해야 해서."

"톰, 무슨 일 있니? 다 무슨 소리야?"

"아무것도 아녜요. 중요한 일 아녜요. 말씀 못 드려요. 아무한 테도 말 못 해요."

톰은 말을 끊었다가 덧붙였다.

"어차피 말을 들어줄 사람도 없어요. 아무도 이해 못 해요."

톰은 불쑥 몸을 돌려 자전거 페달을 밟았다.

"톰!"

스토비 씨가 톰의 뒤에 대고 불렀다.

"무슨 일이야? 우리끼리 못 할 말이 어디 있어? 무슨 일인데?"

톰은 뒤를 돌아보지 않았다. 계속 페달을 밟았다. 사실 스토비 씨가 외치는 말이 들리지 않았다. 톰의 마음은 딴 곳에 가 있었다.

일주일이 흘렀다. 다시 토요일이 왔다. 평소라면 이날 가레스 외삼촌을 도우러 갔겠지만, 이번 주에는 일정을 바꿨다. 선박들이 일요일 아침에 로즈 헤이븐을 떠나므로, 강어귀에는 다음날 아침 일찍 가기로 했다. 거기다 토요일에는 엄마가 톰한테 가게를 부탁했다. 엄마는 작업에 박차를 가할 작정이었다. 관광 시즌이 코앞에 닥쳤기 때문에 엄마는 부지런히 상품 재고를 늘려야 했다. 재고를 늘리려면 도기를 만들어야 하고, 그러려면 방해받지 않고 작업에만 매진해야 했다.

로즈 헤이븐의 선박들은 출항 준비를 마쳤다. 선박들을 강어귀에서 먼바다로 끌어낼 예인선들도 해안 지역에서 출동 수속을 마쳤다. 델윅 항에는 대기 중인 예인선이 없었다. 플리머스나 펜잰스 같은 근처 대규모 항구에서 불러와야 했다.

출항 전날인 토요일에도 페인트칠 작업대는 오션 펄 호의 선체에 매달려 있었다. 두 남자는 홀수선까지 바싹 내려온 작업대에서 마지막 붓질을 했다. 캄보디아 사람 케오는 작업이 끝나 기분이 좋았다. 곧 이곳을 벗어난다는 생각도 그를 기쁘게 했다. 그는 1년 넘게 배에서 살았다. 그동안 가족을 통 보지 못했다. 이제는 떠날 때였다. 한편으로는 떠나기 전에 기념물을 한두 개 챙기고 싶었다. 근처 마을에 다녀올 짬이 나면 거기서 뭔가 이번 여행을 기념할 것을 살 생각이었다.

"찰리, 오케이?"

작업대의 다른 남자가 고개를 끄덕였다. 머리에 깊게 났던 상처는 아물었지만 다른 것들은 그렇지 못했다. 그는 케오에게 목숨을 빚졌다. 그를 바다에서 건져낸 사람이 케오였다. 선장은 반대.

했지만 케오가 우겼다. 바다에 빠진 사람을 구하려고 배를 세우면 엄청난 시간 손실이 따른다. 이런 규모의 배를 멈추고, 소형 보트를 내려보내고, 구조 임무를 수행한 다음 항해를 재개하는 데는 몇 시간이 소요된다. 화물선에 시간은 돈이다. 화물선 선장은 항상 선주들부터 부지런히 항해하고 제 시간에 도착해서 다른 화물을 선적하라는 압력을 받는다. 거기다 바다에 있는 것이 사람이 아닐 수도 있었다. 사람은커녕 잡동사니 표류물일 수도 있었다. 물에 빠진 사람이 있다고 해서 배들이 항상 멈춰서는 것도 아니었다. 목숨은 싸고 화물은 비싸니까.

작업을 끝낼 무렵 케오가 물에서 뭔가를 봤다. 뭔가가 두 사람 쪽으로 떠오고 있었다.

"어이, 찰리!"

케오가 손가락으로 가리켰다. 찰리가 눈을 돌렸다. 병 하나가 까닥대며 지나가고 있었다. 초록색 유리병이었다. 그냥 병이었다. 물에 떠다니는 쓰레기. 항상 있는 부유물. 하지만 세상일은 모르는 거다. 생각지 못한 곳에서 흥미로운 것이 발견될 수도 있다. 바다가 제공하는 것에 호기심이 없는 뱃사람은 뱃사람이 아니다.

"어이, 찰리! 안에 뭐 들었어. 잠깐 기다려!"

케오가 작업대에 있던 갈고리 장대를 집어서 병을 끌어당기려고 했다. 하지만 장대가 닿지 않았다. 지켜보던 찰리가 나서서 장대를 대신 받아들었다. 찰리가 키도 훨씬 크고 팔도 훨씬 길었다.

"조심해, 찰리. 떨어지면 큰일…."

찰리는 아무 말도 하지 않았다. 찰리는 원래 말수가 적었다. 처음부터 그랬다. 그는 장대를 받아들고 길게 뻗어서 병을 잡아당겼다. 잡아당겨놓고 작업대 바닥에 엎드려 팔을 뻗어서 병을 물에서 건졌다.

찰리는 병을 케오에게 건넸다. 갈고리 장대는 방해되지 않게 도로 내려놓았다. 모두 치워졌다. 깔끔하게. 뱃사람의 방식대로.

케오가 병마개를 비틀어 열었다. 그는 병에서 종이 두루마리를 끄집어냈다.

"편지야, 찰리. 봐."

케오는 편지를 폈다. 하지만 읽을 수는 없었다. 항해하며 얻어들은 가락으로 구어체 영어를 조금 구사하기는 했지만 영어를 정식으로 배운 적은 없었다. 그는 종이를 찰리에게 내밀었다.

"찰리, 읽어봐. 뭐라고 썼어?"

찰리는 종이를 받아들고 뚫어져라 봤다. 그도 글을 읽는 게 힘들어 보였다. 또 다른 이유에서. 머리 부상이 사람들과 사건들에 대한 기억만 날린 게 아니라 읽고 이해하는 능력까지 앗아간 것처럼 보였다.

찰리는 단어를 읽으며 입으로도 단어를 우물거렸다. 그러자 언어감각이 돌아왔다. 언어능력에는 이상 없었다. 그는 글을 읽을 수 있었다. 일단 시작하자 술술 나갔다.

"뭐라고 썼어, 찰리? 편지가 뭐래?"

케오의 질문은 대답 없는 메아리였다. 덩치 큰 남자는 그저 편지를 읽고, 읽고, 또 읽기만 했다. 편지 끝까지 가면 곧바로 처음부터 다시 읽기를 반복했다. 그러기를 수없이 반복했다. 찰리의 눈이 종이를 빠르게 훑었고, 마지막 줄에 이르면 첫 줄로 돌아갔다.

"뭐라고 썼어, 찰리? 편지가 뭐래? 좋은 뉴스야, 찰리? 좋은 뉴스?"

하지만 케오의 동료는 여전히 대답이 없었다.

이윽고 찰리가 편지 든 손을 옆으로 떨어뜨렸다. 케오가 걱정스러운 얼굴로 동료를 살폈다.

"찰리, 왜 그래? 다시 아파? 왜 그래? 찰리, 오케이?"

찰리는 여전히 대답이 없었다. 멍하니 허공을 응시할 따름이었다. 그의 얼굴에서 색이 모두 빠져나간 듯했다. 그는 귀신을 본 사람처럼 창백했다.

21
많은 날이 흐른 후에

상대적으로 한산한 날이었다. 가게도 별로 바쁘지 않았다. 그래도 톰은 단지 3개, 찻주전자 2개, 꽃병 1개, 접시 2개를 팔았다. 톰은 이제 창문의 '엶' 팻말을 '닫음'으로 뒤집고, 돈을 세서 엄마가 일하는 곳으로 가져갈 생각이었다. 엄마는 작업실에서 정교하고 값나가는 작품들에 마지막 옻칠을 하는 중이었다.

바깥문이 덜걱대는 소리가 들렸다. 톰은 살짝 짜증이 났다. 가게 문을 닫으려던 참이었다. 배도 출출했다. 가게를 잠그고 부엌에 가서 뭐라도 찾아 먹고 싶었다. '엶' 표시를 미리미리 '닫음'으로 돌려놓을걸.

손님들이 들어왔다. 마당을 지나는 발소리가 들렸다. 관광객 두어 명인 듯했다. 톰은 손님들을 웃는 얼굴로 친절히 맞고, 손님들이 가게 물건을 둘러보는 동안 인내심을 갖기로 다짐했다.

톰은 가게 문이 열리는 소리를 신호로 눈을 들었다. 그러다 깜짝 놀랐다. 피부가 가무잡잡하고 체격이 작은 남자가 멈칫멈칫

가게로 들어서고 있었다. 남자가 들어오며 미소를 지었다. 그는 뒤따라 들어오는 다른 남자를 위해 문을 잡고 있었다.

"여기야, 찰리?" 작은 남자가 말했다. "여기 맞아?"

두 번째 남자가 가게에 들어섰다. 남자는 두리번거렸다. 그는 그릇과 접시와 머그잔과 꽃병 들을 이리저리 봤다. 이윽고 남자의 눈길이 자신을 보고 있는 톰에게 머물렀다. 톰도 정면으로 남자를 응시했다. 톰은 남자를 쳐다보다가 천천히 몸을 일으켰다. 그리고 달려 나갔다. 본 것을 믿을 엄두가 나지 않았다. 그래서 전력을 다해 달렸다. 가게를 뛰쳐나와 자갈이 깔린 마당을 가로질러 엄마의 작업실로 뛰어 들어갔다. 엄마는 작업대에 앉아 한 손에 붓을 들고 도자기 위에 복잡한 꽃무늬를 그리는 중이었다.

"엄마!"

문이 부서져라 열리는 소리에 엄마의 붓질이 틀어졌다. 도자기에 얼룩이 생겼다.

"톰!" 엄마가 바락 신경질을 냈다. "엄마 일하는 거 알아, 몰라-"

"엄마, 엄마. 가게!"

"가게 뭐?"

"엄마. 가게에 가봐. 누가 왔어."

"가게에 누가 온 게 뭐? 알아서 해. 한두 번 해봐? 손님이 물건 고르면 잘 포장해드리고 돈 받으면 되지."

"엄마… 엄마….

"톰, 왜 그래? 뭔데 그래? 무슨 일 났어?"

"엄마, 가게에….."

"왜?"

"아빠야. 아빠가 왔어."

엄마가 일어섰다. 엄마 손에서 붓이 떨어졌다. 칠하던 도자기가 넘어져 바닥에서 박살났다. 톰, 정신 나갔어? 그걸 말이라고 해? 이 말이 엄마의 목구멍까지 올라왔다.

말을 하려는 찰나 엄마는 톰의 눈과 얼굴에 어린 표정을 봤다. 톰이 손을 뻗어 엄마의 손을 잡았다. 그 모습에 엄마의 화는 마저 올라오기 전에 흩어졌다.

"톰…."

"가게에, 엄마. 가게에… 얼른, 얼른….."

엄마는 톰의 손을 잡았다. 톰은 엄마를 썰물처럼 끌고 나갔다. 엄마는 따라갔다. 가면서 엄마의 걸음이 빨라졌다. 두 사람은 자갈을 절걱절걱 밟으며 마당을 가로질러 가게로 들어갔다. 도자기와 유약 냄새가 두 사람을 에워쌌다. 가게 안에 두 남자가 있었다. 몸집이 작고 가무잡잡한 남자와 키가 크고 수염이 난 남자. 키 큰 남자의 이마에 깊고 험한 상처가 있었다.

"찰리, 가족 맞아? 자네 아들 맞아, 찰리? 자네 부인 맞아?"

톰의 엄마는 아직도 아들의 손을 잡고 있었다. 엄마의 손가락이 톰의 손을 강철처럼 조이고 엄마의 손톱이 톰의 손에 파고들었다.

"가서 누나 데려와, 톰. 뛰어가서 마리 데려와-"

"엄마-"

"뛰어가서 마리 데려와."

엄마가 세 번까지 말할 필요는 없었다. 톰은 달렸다. 현관을 박차고 들어가 계단을 쿵쾅거리고 뛰어올라가 그대로 누나 방으로 돌진했다.

"누나!"

"이게 죽으려고 노크도 안 하고 들어와! 누가 내 방에 막 들어오래. 이 빌어먹을…."

마리가 의도했던 욕은 마리의 입술을 떠나지 못했다. 마리는 동생의 눈과 얼굴을 봤다. 톰의 손이 엄마의 손을 잡아끌었던 것처럼 이번에는 누나의 손을 잡아끌었다.

"누나- 얼른 가자. 빨리 오래."

마리는 동생과 함께 달렸다. 마리의 발이 나는 듯 층계를 내려갔다.

"톰, 무슨 일인데? 누군데 그래? 뭐야? 누가 왔어? 누가 왔길래 그래? 야-"

둘은 마당을 건넜다. 그리고 가게 문을 통과했다. 이제 모두 모였다. 작고 가무잡잡한 남자가 함박웃음을 지었다.

"찰리, 자네 딸이야? 자네 딸? 아주 예쁘게 생겼어, 찰리. 내 딸처럼 예뻐. 둘 다 예뻐."

아까는 보지 못했던 것이 톰의 눈에 들어왔다.

아빠의 오른손에는 종잇조각이, 다른 손에는 짙은 녹색 병이 있었다. 유리병 표면은 기묘하리만큼 긁히고 파이고 닳아 있었다.

톰은 당장 알아봤다. 모를 수가 없었다. 톰이 바다에 던진 병이었다. 톰이 편지를 썼고, 돌돌 말았고, 바로 저 병에 넣었고, 마개로 병을 틀어막았다. 톰은 자기 빵을 물 위에 던졌다. 그리고 이제, 이제… 그 편지가 톰에게 되돌아왔다. 많은 날이 흐른 후에.

톰의 아빠는 아들이 상처투성이 녹색 유리병을 뚫어져라 보는 걸 봤다.

"이것 덕분에 모두 기억났어." 톰의 아빠가 말했다. "이 편지가 기억을 되살렸어. 이 병을 발견해서… 이 편지를 읽고 기억이 모두 돌아왔어."

아빠는 편지를 엄마한테 건넸다. 엄마는 편지를 받아서 말없이 읽었다. 톰은 모두 외우는 내용이었다.

우리 모두 아빠가 보고 싶어요. 언제까지나 보고 싶을 거예요. 아빠를 보러 갈 장소가 있으면 좋겠지만 우리에겐 그런 곳이 없어요. 바다밖에 없어요. 그래서 난 항상 바다를 보러 가요. 그리고 바다에 편지를 써요. 가끔은 바다가 답장도 해요. 믿기 힘든 말을 하는 게 탈이지만요.

어쨌든 이렇게 편지를 쓰는 건 우리가 항상 아빠를 생각하고 있고, 언제까지나 아빠를 잊지 않을 거라는 말을 전하기 위해서예요. 아빠한테 꼭 이 말을 하고 싶었어요. (…)

이 병은 언제까지나 정처 없이 세상을 떠돌 가능성이 커요. 그래도 상관없어요. 이 병이 영원히 바다를 항해하며 나한테 영원히 아빠를 떠올려 주겠죠. 추모비처럼요. 난 그렇게 생각해요. 이 병은 바다에 띄운 나만의

213

추모비예요.

아빠 생각이 많이 나요. 영원히 그럴 거예요. 죽을 때까지 아빠를 절대로 잊지 못할 거예요. 아빠, 내 마음을 다 쓰려면 병 천 개를 채워도 모자라요. 내 마음과 말을 다 담을 자리는 어디에도 없어요. 세상의 병을 다 합쳐도 모자랄 만큼, 세상의 종이를 다 모아도 모자랄 만큼 아빠가 보고 싶어요.

아빠, 안녕.

영원히 사랑해요.

톰 올림.

아무도 아무 말이 없었다. 말을 하기에는 가슴이 너무 벅찼다. 너무 벅차서 아무 생각도 할 수 없었다. 세상의 어떤 말도 너무 빈약했다. 수백만 권의 책을 온갖 겹의 뜻과 뉘앙스로 채운 풍부하고 현란한 표현을 다 가져와도, 이 순간에 적절한 말은 하나도 없었다. 포옹 한 번이 수천 마디 말을 대신했고, 수천 배의 효과를 냈다. 이들은 서로 끌어안았다. 아무 말 없이 하나로 뭉쳤다. 다시는 떨어지지 않을 것처럼. 깨졌던 것이 다시 온전한 하나로 복구된 것처럼.

이때만큼은 케오만이 유일하게 말을 아는 사람 같았다.

"그럼, 모두 만난 거야? 이제 모두 행복한 거야, 찰리? 모두 행복해?"

드디어 누군가가 케오의 말에 답했다.

"그래, 케오." 새뮤얼 펠로우가 말했다. "이제 모두가 행복해. 케오 덕분이야. 고마워."

"항아리 하나 사야겠어." 케오가 말했다. "기념으로."

케오가 한 일을 안다면 세상에 있는 항아리와 기념품을 모두 주어도 모자랐다.

그랬다. 케오가 새뮤얼 펠로우의 목숨을 구했다. 하지만 새뮤얼 펠로우를 다시 찾아낸 사람은 톰이었다. 잃어버린 것을 항상 되찾는다는 보장은 없다. 하지만 어떤 이들은 고집스럽고 비합리적으로 희망을 고수한다. 희망하는 것이 부질없어진 지 한참 후까지도 희망을 놓지 않는다. 그런 사람들에게 돌아오는 것은 보통 실망이다. 하지만 가끔은… 정말 가끔은….

나중에 톰은 마리에게 이렇게 말했다. "내가 뭐랬어? 난 포기하지 않는다고 했지? 난 포기하지 않았어. 모두가 포기했을 때도 난 포기하지 않았어."

놀랍게도 톰의 도발에 마리는 뽀뽀로 대응했다.

22
언젠가, 누군가

본즈 씨에게,

마지막으로 보내신 편지 감사히 받았습니다.

본즈 씨가 이 편지를 받게 될지는 모르겠지만 본즈 씨의 말이 맞았다는 말씀을 드리고 싶어 이렇게 편지를 씁니다. 말씀하신 것처럼 제가 찾던 사람은 내내 여기에 있었어요. 하지만 사정이 있어서 우리로서는 그런 상황을 전혀 알 수가 없었어요.

그 사람이 탄 배가 폭풍을 만나 침몰한 건 사실이에요. 배 안의 화물이 한데 쏠리는 바람에 배가 균형을 잃고 뒤집혀서 가라앉은 걸로 추정된대요. 그런데 배가 넘어갈 때 그 사람은 배 안이 아니라 갑판 위에 있었어요. 갑판에 있다가 배가 기울면서 바다로 떨어졌어요. 하지만 갑판에서 수면까지는 엄청난 높이였고, 그 사람은 물에 떨어지면서 의식을 잃었어요. 물에 있던 뭔가에 머리를 심하게 부딪혔거든요. 배에서 바다로 떨어진 다른 두 명의 선원 덕분에 목숨을 건졌죠.

그들은 구명보트 중 하나를 어렵게 풀었고, 그 사람을 보트로 끌어올렸어

216

요. 그 사람은 2~3일 혼수상태에 있었고, 의식을 찾았을 때는 어떻게 된 상황인지, 자기가 누군지 전혀 기억하지 못했어요.

생존자들은 오랫동안 바다를 떠돌았어요. 누군가 구조하러 올 거라고 생각했지만 아무도 오지 않았어요. 구명보트에 있던 다른 두 선원은 결국 숨졌고, 그 사람이 두 사람을 바다에 수장(水葬)해야 했어요. 그 사람은 혼자 남았고, 식량과 물이 바닥나면서 다시 의식을 잃어갔어요.

마침내 지나가던 대형 화물선이 그 사람을 구조했어요. 화물선 선장은 원치 않았지만 선원들의 요구로 배를 멈췄어요. 그렇게 해서 제가 찾던 사람은 목숨을 건졌어요. 목숨은 건졌지만 아무 기억도 없었어요. 자기 이름조차 몰랐으니까요. 어디서 온 사람인지, 어디로 데려가야 할지 알 방법이 없었죠. 그래서 그 사람은 화물선에 남았어요. 함께 지내다 보니 배에 대해 잘 알고 항해에도 능숙한 사람이었고, 그래서 화물선 사람들은 그 사람을 선원으로 남겼어요. 그 사람에게 친구도 몇 명 생겼어요. 그중에서 특히 한 사람이 친절히 대해주고 여러모로 보살펴주고 찰리라고 이름도 지어줬어요.

그 화물선은 선장을 바꿔가며 세계 각지를 돌았고 여러 항구에 머물렀지만, 그 사람은 한 번도 배에서 내리지 못했어요. 여권도 없었고, 어떤 종류의 신분증도 없었고, 본인도 본인의 신원을 알지 못했기 때문이죠. 그래서 항상 배에 남아 배를 수리하고 보수하는 일만 했던 거예요.

그 화물선의 이름은 오션 펄이에요. 그런데 옮길 화물이 끊기는 바람에 자매선인 오션 에메랄드와 함께 한동안 피난항에 정박해 있었어요. 두 배가 다시 출항하기 직전에, 제가 찾던 사람, 그러니까 내뮤얼 펠로우가 물에서 뭔가를 발견했어요. 일종의 편지였죠. 이 편지처럼 유리병에 담은 편지요. 그 사람은 병을 열고 편지를 읽었어요. 그리고 자기 아들이 쓴 편지란 걸 깨달았어요. 그 아들이 바로 저예요. 편지가 그 사람에게 잃었던 기억을 찾아줬어요. 자기가 누군지, 고향이 어딘지 생각난 거예요. 그 사람은 주위를 둘러봤어요. 어쩐지 친숙해 보였던 그곳이 단지 친숙해 보이는 곳이 아니라 실제로 친숙한 곳이란 걸 깨달았죠. 그곳은 그가 평생 알고 지냈던 곳, 바로 그의 고향이었어요.

본즈 씨의 말이 맞았어요. 데이비 존스의 함에 새뮤얼 펠로우라는 이름의 사람은 없었어요. 그 사람은 항상 이곳에 있었어요. 너무나 행복한 소식이었어요. 우리 모두 얼마나 기쁜지 몰라요. 공연히 본즈 씨의 시간만 낭비하게 한 점, 사과드려요.

그런데 말이에요, 본즈 씨. 아직도 궁금한 게 하나 있는데요, 그게 말이죠. 솔직히 말씀드려서 저는 아직도 본즈 씨의 존재가 믿기지 않아요. 누군가 지어낸 인물이 아닐까 싶기도 해요. 다른 한편으로는 본즈 씨가 혹시 데이브 스토비 할아버지는 아닐까 싶어요. 스토비 할아버지가 제 유리병 편지들을 우연히 발견했고, 발신자에게(그러니까 저에게) 작은 희망이라도 주고 싶은 마음에 편지를 띄운 게 아닐까요? 물론 그렇다 해도 스토비 할아버지가 어떻게 제 편지를 받았고, 또 어떻게 제게 보냈는지는 미스터리예요. 그렇게 생각하면 본즈 씨는 본즈 씨가 맞는 것 같기도 해요.

솔직히 뭘 어떻게 생각해야 할지 모르겠어요. 확실히 해두자는 마음에 스토비 할아버지에게 대놓고 물어봤더니 할아버지는 전혀 아는 바 없다고 잡아떼시더라고요. 하기야 달리 어떤 말을 하시겠어요? 그죠?

어쨌든 스토비 할아버지의 말이 사실이라면, 음… 본즈 씨는 유령이 맞는 거죠. 저는 지금 유령에게, 아주, 아주 오래전에 죽은 사람에게 편지를 쓰고 있는 거고요. 그렇다면 본즈 씨는 정말로 선량한 유령이에요. 부디 데이비 존스의 함에서 평안히 쉬시기를 빌어요. 그곳에 있는 머나먼 곳과 아득한 옛날의 다른 모든 뱃사람들에게도 인사 전해주세요.

이제 제가 전할 말은 모두 전한 것 같아요. 다시 한 번 감사드려요. 그리고 안녕히 계세요.

운명과 인연이란 참 묘해요. 그죠? 제가 바다에 편지를 쓰지 않았다면, 제 마지막 편지가 발견되지도 않았을 거고, 그걸 발견한 사람이 내뮤얼 펠로우도 아니었을 거고, 아빠의 기억이 돌아오지도 않았겠죠. 그럼 아빠는 외년 펄 호를 타고 다시 멀리 떠나서 돌아오지 않았을 거고, 그러면 우리는 영원히 아빠를 보지 못했겠죠. 그리고 아빠가 본즈 씨와 함께, 다른 모든 뱃사람들과 함께 데이비 존스의 함에 있다고 믿고 살았겠죠.

이로써 너의 빵을 물 위에 던져서 해될 건 없다는 말이 증명된 셈이네요. 그죠? 하긴 잃을 게 뭐 있겠어요? 어떤 일이 생길지는 아무도 모르는 거니까요.

안녕히 계세요, 본즈 씨. 언젠가는 저도 본즈 씨를 만날 날이 오겠죠. 본즈 씨가 정말로 테드 본즈이고, 스토비 할아버지가 장난치신 게 아니라면 말이에요. 언젠가는 우리 모두 데이비 존스의 함에, 또는 그 비슷한 곳에 모일 날이 올 거라 생각해요. 다만 그런 날이 한참 후에 오면 좋겠어요.

이제 편지를 마칠게요. 지금까지 제가 썼던 편지 중 가장 긴 편지예요. 병에 안 들어가면 어떡하죠. 까딱하면 더 큰 병을 구해야 할지도 몰라요.

안녕히 계세요. 본즈 씨— 또는 스토비 할아버지.(할아버지가 맞다면요)

저에게 편지 주셔서 감사해요.

귀하의 유리병 편지 친구,

내뮤얼 펠로우의 아들,

톰 펠로우 올림.

톰은 홀로 굴뚝바위 옆에 섰다. 잔뜩 조준하고 병을 멀리 바다로 던졌다. 마지막 편지는 이미 보냈다고, 다시는 보낼 일 없다고 생각했다. 하지만 상황의 변화로 그 생각은 틀린 생각이 됐고, 톰은 또다시 이렇게 마지막 편지를 썼다.

이게 마지막이야. 톰은 생각했다. 이거야말로 진짜 마지막이야.

톰은 육지에서 멀어져가는 병을 지켜봤다. 태양은 높고, 하늘은 밝고 맑았다. 안개와 어둠이 차오르기에는 이른 시간이었다. 어두운 옷으로 몸을 감싼 형체가 노를 저으며 안개를 헤치고 등장할 시간은 아니었다. 그러기에는 너무나 화창하고 반짝이는 여름날이었다.

해류가 병을 접수했다. 썰물이 병을 앞바다로 데리고 나아갔다. 곶을 지나고, 부표를 지나고, 경고용 종을 지나 중층수로, 대서양으로 나아갔다. 병은 이번에는 소용돌이나 저층역류에 잡히지 않았다. 병을 휘감아서 도로 육지로 보내거나, 강어귀로 빨아들여 로즈 헤이븐의 평온과 고요 속으로 집어넣는 중층해류도 없었다.

병은 너울너울 먼바다로 흘러나갔다. 거대한 배들이 병을 지나

항해했다. 화물선, 군함, 생선 가공선, 대형 저인망어선, 유조선, 유람선. 온갖 종류의 배들이 지나갔다.

병은 까닥이며 계속 떠갔다. 대양의 작디작은 한 조각이 되어 한 점의 먼지처럼 떠갔다.

로즈 헤이븐은 텅 비었다. 오션 에메랄드와 오션 펄은 떠난 지 오래였다. 킹 빌리 페리만 퉁퉁거리고 철컹대며 강둑 사이를 오갔다. 좁은 강을 한없이 왕복하는 지루함 때문에 지금쯤 선장이 실성하지 않았을까 하는 추측을 불렀다. 하지만 아니었다. 선장은 정신이 멀쩡할 뿐 아니라 유쾌한 사람이었다. 일하면서 휘파람을 불기까지 했다.

병도 계속해서 까닥까닥 흘렀다. 이제는 국제 해운항로에 깊이 들어와 있었다. 다른 해류가 병을 넘겨받았다. 해류는 병을 데리고 남쪽으로 흘렀다. 병 주위의 바닷물이 점점 따뜻해졌다. 병 아래에서 이국적인 물고기들이 헤엄쳤다. 신천옹이 바다 위를 날았다. 병은 계속 흘러갔다.

시간이 흘렀다. 바닷물이 차가워졌다. 바다에 얼음이 떴다. 부빙 위에서 호기심에 찬 눈들이 병을 따라 움직였다. 턱시도를 입은 웨이터처럼 까맣고 하얀 펭귄들이었다. 병은 계속 흘러갔다. 바다가 점점 더 얼음으로 덮였다. 병은 얼음 속에 끼었다. 길고 긴 겨울이 지났다. 해빙기가 왔다. 병은 얼음에서 풀려나 다시 움직였다. 계속 떠갔다. 이번에는 북쪽으로, 다음에는 동쪽으로 흘러갔다.

병은 여행을 계속했다. 남아메리카 해안을 따라가다가 희망봉을 지나 아프리카 서해안을 끼고 올라가 뉴펀들랜드를 돌아 북극해로 흘러들었다. 어떤 앞발 하나가 병을 찰싹 때렸다. 커다랗고 하얀 발이었다. 하지만 북극곰은 병을 놓쳤다. 병은 다시 표류했다. 곰은 지나가는 바다표범에게로 관심을 돌렸다. 바닷물이 차가웠다. 다시 얼음이 병을 얼마간 잡아두었다.

세월이 흘렀다. 톰 펠로우는 키 크고 건장한 어른이 되었다. 그는 부친처럼 상선 선원으로 일한다. 새뮤얼 펠로우는 오래전에 바다에서 은퇴했다. 그의 아내 앨리슨은 여전히 도기와 꽃병을 만든다. 이제는 공방 외에 휴가철에만 여는 찻집도 있다. 가족은 가게 영업으로 생활한다. 마리 펠로우는 교사가 되어 해외에서 일한다.

스토비 씨는 세상을 떴다. 그의 유골 가루는 그의 바람대로 바다 위에 뿌려졌다. 스토비 씨는 그렇게 바다에 잠들었다. 데이비 존스의 함에. 과거 수세기 동안 바다에 잠든 다른 모든 뱃사람들과 함께.

얼음이 풀린다. 병이 여행을 재개한다. 언젠가는 발견될 수도 있다. 어느 모래톱으로 밀려가 야자수와 코코넛나무 아래 누워 있게 될 수도 있다. 산호모래톱으로 쓸려갈 수도 있다. 양동이와 삽을 든 어린아이가 파도에 까닥대는 병을 보고 냅다 건져내서는 가족이 있는 곳으로 신이 나서 달려갈지도 모른다. 아이는 의기양양하게 외친다. "이것 봐! 내가 찾았어! 내가 이걸 찾아냈어! 편지야! 유리병 편지!"

긴 여행 끝에 결국 병이 열리고 누군가 편지를 읽는 날이 올 수도 있다.

그 사람이 편지를 읽고 거기서 무엇을 어떻게 이해할지는 알기 어렵다.

"이게 무슨 소리지?" 그 사람은 어리둥절한 머리를 흔들며 이렇게 말할 거다. 아니면 한 점 미련 없이 무시해버리거나. "어느 녀석이 장난을 쳤군!"

병이 영원히 바다를 떠돌 수도 있다. 대양이 모두 말라버리고, 지구가 태양 속으로 떨어지는 날이 올 때까지.

톰 펠로우는 거대한 배의 선장이다. 때때로 그는 밤에 선교에 오른다. 쌍안경을 들고 밤바다를, 어둠 속에 출렁이는 검은 물을 바라본다.

때로는 멀리서 뭐가 보이는 것 같기도 하다. 병. 또는 희미하게 반짝이는 빛.

그에게 찾는 게 뭐냐고 묻는 사람도 있다. 밤바다를 왜 그렇게 열중해서 살피는지 묻는다.

혹시라도, 잠깐이라도, 테드 본즈를 보게 될까 해서요. 그가 대답한다. 그리고 쓴웃음을 짓는다. 사람들은 그가 무슨 말을 하는지 이해하지 못한다. 그도 설명하려는 노력을 하지 않는다. 그럴 필요도 느끼지 않는다.

　그림처럼 아름다운 바닷가 마을. 여름 휴가철이면 이곳으로 관광객들이 찾아든다. 하지만 그들은 바다를 휴양지가 아니라 삶의 터전으로 삼은 사람들의 현실, 한겨울의 폭풍과 악마처럼 도사린 암초와 험한 뱃일과 싸워야 하는 또 다른 현실에 대해서는 알지 못한다. 마을에는 바다에서 실종된 할아버지나 아버지나 형제를 두지 않은 집이 없다. 톰의 아빠도 바다에서 돌아오지 못했다. 엄마는 톰만은 어부나 선원으로 만들지 않을 생각이다. 서핑하러 나가는 것 외에 바다는 톰이 평생 피해야 할 곳이다. 하지만 톰은 바다를 보면 마음이 파도처럼 들썩인다. 떠나고 싶고 찾고 싶은 충동이 인다. 어디로 가고 싶은 건지, 무엇을 찾고 싶은 건지는 아직 모른다. 다만 위험한 바다가 톰에게는 두려움보다 동경의 대상이다. 톰은 어느 날 〈병에 담은 편지〉라는 노래를 듣고 장난삼아 바다에 병 편지를 띄우기 시작한다. 장난이었지만 누가 발견해서 답장을 보내지 않을까 하는 기대가 생긴다.

그런데 믿을 수 없는 일이 일어난다. 바다가 정말로 답장을 보내기 시작한 것이다. 바다가 보내는 편지의 내용은 톰의 상식과 일상을 송두리째 흔들어놓는다.

작가는 잉글랜드 남단의 항구도시 플리머스 근처에 있는 가상의 땅끝마을 델윅을 배경으로 삶과 죽음의 미스터리를 풀어낸다. 플리머스는 엘리자베스 1세 때 악명 높은 해적 프랜시스 드레이크의 근거지였고, 1620년에 최초의 청교도 이민단을 태운 메이플라워호가 신대륙으로 떠난 출항지이기도 하다. 이런 곳에는 바다 너머에 대한 판타지가 여러 전설과 민담의 형태로 전해온다. 전설에 따르면 바다에서 죽은 뱃사람들은 데이비 존스의 함(Davy Jones's Locker)이라는 곳으로 간다. 데이비 존스의 함은 깊은 바다 밑에 있는 망자들의 지역이다. 우리나라 제주도에는 바다에서 돌아오지 않은 어부와 해녀들이 환상의 섬 이어도에 산다는 전설이 내려온다. 이어도가 아름다운 이상향인 데 비해 데이비 존스의 함은 으스스하고 괴기스러운 분위기를 자아낸다. 이어도가 바다에 의지해서 사는 고단한 현실을 위로하고, 바다가 데려간 사람들과 다시 만날 희망을 준다면, 데이비 존스의 함은 음침한 바다 안개 저편에서 또 다른 희생물을 기다리는 악령의 이미지를 풍긴다. 문제는 거기서 시작된다. 어느 날 톰은 바다에서 유리병 편지를 발견한다. 편지의 발신지는 데이비 존스의 함이다.

수백 년 전부터 많은 배들이 난파한 마을 앞바다의 암초. 1년

전 태평양 한가운데서 대형 상선이 침몰해 선원 전원이 실종된 사건. 마을 근처 강어귀에 정박해 있는 정체 모를 대형 화물선. 평범한 소년 톰을 둘러싼 평범하지 않은 운명의 갈래들이 바다에서 발견된 유리병 편지를 매개로 하나로 얽혀든다. 톰은 처음에는 누군가의 장난이라고 생각한다. 하지만 누가? 톰은 비밀을 털어놓을 상대를 찾는다. 그리고 새삼스러운 눈으로 주위를 살핀다. 수수께끼 같은 말을 잘하는 마을의 늙은 어부 스토비, 강어귀에서 페리를 운항하며 반복적인 일상에도 소탈함을 잃지 않는 외삼촌, 아빠가 떠난 빈자리를 적어도 겉으로는 꿋꿋이 견디고 있는 엄마와 누나. UFO를 믿는 학교 친구. 하지만 이런 장난을 칠 사람은 없다. 그런 장난은 애당초 가능하지가 않다.

데이비 존스의 함에서 어느 늙은 선원이 보낸 편지. 낡은 천에 흐릿하게 적힌 충격적인 내용. 이것이 사실일까? 늙은 선원의 정체는 무엇일까? 아빠는 정말로 죽은 걸까? 톰은 마침내 진즉부터 하고 싶었던 말들을 바다에 던진다. 지금까지 바다에 던진 편지는 모두 위장이었다. 떠본 것에 지나지 않았다. 모든 것을 다 알고 있으면서 아무것도 말해주지 않는 바다를 찔러본 것에 불과했다. 톰은 바다에서 발견한 편지에 대한 답장 삼아, 부질없지만 포기하지 못했던 소원을 담은 기도 삼아, 마지막 유리병 편지를 띄운다.

이 소설은 아빠에 대한 그리움을 유리병 편지에 담아 바다에 띄

226

우는 소년의 이야기다. 이야기는 가족을 가슴에 묻은 사람들의 슬픔을 담담하게 그린다. 하지만 슬픈 이야기는 아니다. 포기하지 않는 희망이 가져오는 기적을 서정적이고 아름답게 풀어낸다. 이야기는 거대한 반전으로 이어진다. 세상의 어떤 추억에도 어떤 인연에도 반전은 있으니까. 비밀 하나는 끝까지 독자의 상상에 맡겨진다. 전설이 이어지듯 미스터리도 이어져야 하니까. 톰은 비밀의 주인공에게 마지막 편지를 띄운다. 톰이 던진 희망은 해류를 따라 뱃길을 따라 세상을 돌고 돈다. 언젠가 누군가 발견할 수도 있다. 그 사람이 독자 여러분이 될 수도 있다. 끝까지 희망을 놓지 않기를 바란다.

2016년 6월,

이재경